波間にて

—富士見二丁目交響楽団シリーズ 外伝—

秋月こお

19489

角川ルビー文庫

目次

口絵・本文イラスト／後藤　星

波間にて

ばあちゃんが大好きだったテレビ時代劇の主題歌が、頭から離れない。

『あとから来たのに追い越され』というフレーズが、痛痒《いたがゆ》く耳について不快極まりない。

あの貞光《さだみつ》から、まるで裏切りみたいなライバル宣言をかまされて、千感万感が渦巻く感じの（くっそ！）って気分が拾い出したフレーズだからだ。

むろん追い越されて泣くなんて冗談じゃなく、そうはさせるかという闘志も腹に満ち満ちているけれど、あんなふうに喧嘩《けんか》を売られたこと自体がショックであり、どうしようもなくムカついてたまらないのであり！……その反面、ある意味で正当な（と思うべきだろう）ライバル宣言を、裏切られたとか喧嘩を売られたというふうに感じて腹を立てている自分に、忸怩《じくじ》たる不快感を覚えてもいる。

さらに自己批判を深めて告白するならば、貞光がエミリオ先生に招かれて弟子入りするというのも不愉快だし、それが福山《ふくやま》先生のなさったことに違いないのも腹立たしい。

ほんとうならば、たった二年間の形ばかりの師弟だったとはいえ、僕が教えた生徒の出世話として喜んでしかるべき慶事なのに、僕の心にはどす黒い嫉妬《しっと》の炎が燃え盛っていて。認めたくなんかないが、それが事実だ。

……僕という人間の心の狭さに愕然《がくぜん》と落ち込む以上に、僕はいま貞光を憎んでいる。

こんな気持ちは間違っていると、理性ではわかっているにもかかわらず……

由之小路《よしのこうじ》貞光があのとんでもない爆弾を隠し持って僕を訪ねてきたのは、九月三日（月）の昼休み時だった。

大学はまだ夏休み中だが、休み明け早々に実技と筆記の前期試験が行われるため、二週間前の今日からレッスン棟は通常運転に入る。僕の生徒たちはみんな夏休み中も（頻度はそれぞれだけど）僕の自宅にレッスンを受けに来ていたが、二ヶ月間まるまる郷里で過ごしてくる学生もいて、そうした学生たちが自習の結果をぶっつけ本番で試験されないで済むための、大学側の緩和措置だ。

ちなみに前期試験は夏休み前に済ませる大学がほとんどだと思うし、長期休暇明けの試験というのは昔も今も学生たちには不評だが、わが邦立《くにたち》音大がそうしたシステムを採用しているのは親心だ。

すなわち長い夏休みを遊んで過ごしてしまっては、前期に培ったものがワヤになる。なにせ音大生の主要課題は実技だから、たとえばピアノや弦などの器楽部の学生なら、うかうか二ヶ月も手を遊ばせてしまったら、贅肉《ぜいにく》太りで指が動かなくなる。休み中だろうが不断にトレーニングを続けていないと、それまでの努力が簡単に水の泡になる。

もちろん改めてトレーニングし直すことは可能だけど、かなりの苦行になるから、それよりは『休み明けには試験がある』という緊張感で、調子を落とさない努力をさせておいて、後期のカリキュラムへ順調につなぐ方が、学生にとっても教師にとっても能率的。ヒイヒイ泣きながら、思うように動かなくなった指を鍛え直す四苦八苦なんて、やらずに済むようにってわけだから、親心以外の何物でもなかろう。

でもって実質的には夏休み明けのその日、僕は、月曜組の三人の生徒に稽古《けいこ》をつけるべく朝から出勤し、つい先だっての日コン二次予選で明暗を分けた優秀な二年生二人と、一年生で野心と元気が取り得のはっちゃき井生垣《いおがき》真澄《ますみ》のレッスンを済ませて、講師控室で帰り支度をしていた。

午後は家で十月の演奏ツアーの練習をやるんだけど、おなかがすいたし作るのも面倒だから、昼ごはんはどこかで食べて帰ろうか、なんて考えてた。

ドアをノックする音に振り返ったら、開けっ放しの戸口に立ってたのは貞光。

「あれ、めずらしいね」

と声をかけた。僕の元生徒だけど、学部を卒業して院に進んだいまは福山先生の門下生で、学部生と院生は校舎が違うから大学内ではめったに顔も合わない。

「今日はもうお帰りですか？」

と聞かれたんで、そうだと答えた。

「音高は今日が始業式なんで、あっちでのレッスンは来週からだ」

「なれば少しお時間をいただいてもよろしゅうございますか？」

貞光は慇懃《いんぎん》な調子で言い、断る理由はなかった。

「うん、いいよ。何か相談ごと？」

「いえ、ご報告がございまして」

言ってた貞光の後ろに人影があらわれたんで、

「入れよ」

と手招きした。戸口をふさいで通行の邪魔になってるぞ。

やって来てたのは先輩講師で、僕らと同門の吉山《よしやま》先輩。

「よう、貞光」

気さくな声かけに、貞光はていねいに頭を下げた。

「お疲れ様でございます」

でもどことなくおアソビっぽいんだよな、彼の慇懃ぶりっていうのは。

「お疲れ様でした」

と僕も声をかけた。

「日コン組の仕上がりはどうよ」

というのは、講師同士のあいさつみたいなもんだ。

「がんばってますよ」

という返事で済ませた。吉山先生の生徒さんも二次予選を通過してるから、そちらはどうです、という問い返しもありだったけど、足取りからして忙しそうな先輩に、後輩の僕が利く口じゃない気がしたんで。

「小川《おがわ》は勢いづいて試験もイケイケだろうけど、江上《えがみ》のほうは落ち込んでるだろ」

そう返されて、試験勉強の仕上がりという意味だったかと気がついた。

「まだ二年なんだから引きずるなとは言ってありますが」

「まあ、自分で乗り越えるしかないよな、青春の挫折《ざせつ》は」

吉山先生はうんうんとうなずいて、そそくさと自分の用をしに行き、僕は貞光に言った。

「ええと、どっか場所移す?」

控室は大部屋で、講師それぞれの机はあるけど人の出入りもあって、落ち着ける場所じゃない。でも学食はまだ休みだし、ほかに大学の近所にあるのはバーガーショップとドーナツ屋ぐらいだ。

「一言ごあいさつをと思いましてまかり越しましたので、こちらでかまいませんですが」

「あ、そう? じゃァまあ、どうぞ」

散らかるほど物は置いていない僕の机のところに行って、予備に置いてある折りたたみ椅子を持ってきて客用の席を作った。

いつも奇抜な服装でいるのが趣味の貞光は、本日もまた奇天烈《きてれつ》だった。百年前だったらまともな正装だっただろうけど、絽《ろ》に紋付の羽織袴《はおりはかま》で手には白いカンカン帽。足音がチャラリチャラリなのは白足袋《たび》の足に雪駄《せった》を履いているからだ。

「まあ、どうぞ」

椅子を勧めてやったが、貞光は「いえ」と遠慮してみせ、立ったまま話し始めた。

「じつはこのたび留学が決まりまして、そのごあいさつにまいりました」

「へえっ！　そりゃ初耳だ」

貞光とは、先週の日曜だったフジミの定演で会ってるけど、それらしいことは何も言わなかったぞ。もっとも、おしゃべりするような暇もなかったけど。

「急に思い立ちまして」

控え目な笑みを浮かべて貞光は言い、僕は尋ねた。

「で、どこへ？」

「イタリアにまいります」

「え、それってもしかして」

「はい、ロスマッティ先生に弟子入りさせていただきます」

「わあおっ、おめでとう！　でも急に思い立ったって」

「じつは夏休み前に『おいない』とおっしゃっていただいておりましたのですが、その節はまだ心が決まりませんで」

おいない、とは京言葉《きょう》で『来なさい』の意味だ。

「それって、エミリオ先生からお招きいただいたってこと……」

「ええ、はい。むろん福山先生のお口利きがあってのことと存じますが。おそらく先生は、わたくしがいつまでもサボれないように、そうした手をお打ちになったのでございましょう」

「それを保留にしていただいてたわけ⁉」

「いろいろと迷いがございまして」

「あー……まあ、そうなんだろうけど。しっかし、度胸者だなァ、きみは！　僕なんか、寝耳に水で『行け』って言われて（えぇっ⁉）とは思ったけど、即行荷物をまとめたぜ？　考えさせてください、とか言えちゃったきみは大物だよ！」

いやはや、ほんと呆《あき》れかえる。

「でも決心がついて正解だよ。演奏家として折り紙を二枚もらっといて、何をぐずぐずしてるんだろうって思ってたんだ。これで福山先生も一安心だな。もちろんソリストを目指すんだろ？　まさかと思うけど、もしかして来年のロン・ティボーに挑戦するとか？　いや、きみならアリだよな。去年の東コン日コンの例からすると」

「いえいえ、もうコンクールはご免こうむりとうございます。ああしたがり勉は身も心も疲れ果てますです」

「何言ってんだい、ばっちりメダル獲《と》った瞬間に疲れなんて吹っ飛んだろ？　先生たちがやれっておっしゃるなら、がんばらなきゃ」

　僕はハッパをかけたけれども、そういえば貞光は、学生コンクールの戦歴が高一までで終わってた。履歴書にあったのは全日本学生音楽コンクール東京《とうきょう》大会で優勝、ってことまで。当然全国大会に進んだんだろうけど、入賞できなかったのか……まあ、そんな過去の話はどうでもいい。ともかくコンクールに血道を上げてきた男じゃないわけで、その意味じゃ去年のダブル挑戦のほうがいささか謎か？　彼には彼なりの思惑とか事情があったに違いないけど。

「でもまあ、きみには箔《はく》づけの必要もないかな」

　そう持ち上げた僕に、貞光が言った。

「そのあたりは桐ノ《とうの》院《いん》先生のお考えしだいではありますけれども」

「え？」

　なんでそこで圭《けい》が出て来るんだと、思わず見上げた。

　貞光はいつもの飄々《ひょうひょう》とした口調で続けた。

「先日のフジミでの《メンコン》で味を占めまして」

　ぞくっと嫌な予感。

「桐オケにもお呼ばれできますよう修業してまいります」

　とっさには返事の声が出なかった僕に、貞光はつけくわえた。

「指揮も面白うございますが、わたくしはやはり、根がバイオリン弾きのようでございます。

それもコンチェルト・ソリストに強烈な魅力を感じることを発見いたしました。これも桐ノ院先生との《メンコン》を経験させていただきましたおかげでございます」

「そ、そりゃまあ、オケはフジミでも、そりゃ……」

世界のひのき舞台で一世を風靡《ふうび》した天才指揮者・桐ノ院圭とのコンチェルトが、どれほど気持ちよかったか、僕は第二バイオリンの末席から一部始終を見てたんだ。でもって嫉妬《しっと》でグッグッに腹が煮えた。

もちろん、そんなことは口になんか出しやしないし、顔にだって出さなかったつもりだけど、それにしたって、

「目下の野望は、桐ノ院先生の専属ソリストでございますので、あるいは僭越《せんえつ》ながら守村《もりむら》センセとはライバルということになるやもしれませんが、よろしくお願いいたします」

なんて、いけしゃあしゃあとニッコリ笑ってくれやがっちゃうこいつは、自分の図々《ずうずう》しさをわかってない……いや、わかっていての確信犯か⁉ 僕をからかったのか！

とか考えたのは、あとになってのこと。

そのときの僕は、返す言葉も見つからないまま、ただぽかんと彼のうりざね顔を見上げていて、ぷっと吹き出された。

「もう、センセってば、そんなお可愛らしい反応なさっちゃ、メッでございますよう」

ケラケラ笑いながら、ふざけたしぐさ付きでメッと睨《にら》んでみせた男は、僕より七つも年下の

くせに余裕たっぷり。そんなのは彼の持ち味だって知ってるのに、僕はみっともなく耳が熱くなるのを覚えた。くそっ。

「教師をからかうなっ」

むかっ腹の本気で咬《か》みついてみたって、

「ほっほっほ、ごめんくださいまし」

柳に風で気にもしない。その澄まし顔にカッとなりかけて、どうにか踏みとどまった。

とにかく落ち着けってば、仮にも教師だ！　深呼吸！

「え、ええと、そ、それでいつから行くんだ？」

「いつでもよろしいそうですが、桐ノ院先生がお帰りになるまではお待ちいたします」

そして僕が顔色を変えでもしたかのように、貞光はつけくわえた。

「フジミのタクトをお返ししてからにいたしませんと」

「あ、ああ、そっか、フジミも代振りがいなくなるんだなァ」

指揮者にあこがれて圭の指導を受けに入団した貞光は、圭が留守の練習日を預かれる重宝な代理指揮者だったんだ。

「相すみません」

貞光は申し訳なさそうに頭を下げてみせたが、そういう事情なら、フジミの人たちは喜んで送り出すだろう。

「ニコちゃんたちには、もう？」

「いえ、まずは守村先生にご報告をと」

と言われて、単純な僕はふいと気分が浮上した。

「あは、どうも。杏奈《あんな》くんも留学するし、福山門下は壮行会が連チャンだな」

「おや、あちらもローマに？」

「いや、アントワープ、ベルギーだ。そこの音楽院の、エリザベート王妃国際音楽コンクールの審査員をされている先生について、再チャレンジだって」

「アントワープ……ああ、『フランダースの犬』でございますね！　ネロが見たかったルーベンスの名画がある大聖堂がございますのです」

「ああ、なるほど、聞いたことあると思ってた」

「あれは観るたび泣けますです」

って目をこすってみせちゃギャグだぞ。

「されば山田《やまだ》嬢はベルギー語をお勉強なさらないとなりませんのですね」

「ベルギー語ってないんだってさ。公用語が三つあって、地方によってオランダ語（フラマン語）とフランス語とドイツ語圏に分かれてるらしい。アントワープはオランダ語が公用語だって。勉強するのは大変そうだよね。若い世代だと英語も少しは通じるらしいけど」

このあたりは、僕の元マネージャーの元《もと》さん情報だ。

「その点、きみは楽できるな。エミリオ先生は京言葉ペラペラだから。知ってるだろうけど、麻美《あさみ》奥様が京都《きょうと》の出身だもんでさ」

「福山先生のご門下でいらっしゃいました方でございましたですね」

「うん。きびしいこともおっしゃるけど、とても面倒見のいい方で、ものすごくお世話になった。今回の桐オケの旅行でも、ローマ見物の案内役でご協力いただくんだ。

内弟子で住み込ませていただくんだろ？　わたくしといたしましては通いのほうが気楽でございますので、住まいは用意する心づもりでおります」

「ああ、そっか、僕の場合はアパートを借りられるようなお金はなかったから」

そうだよなァ、それがあったから下宿までさせてくださったんだよなァ、いま思えば。

「ところできみは、海外にはけっこう行ってるんだよな？」

「両親がなかなか戻ってまいりませんので、視察に派遣されますのです」

「じゃァローマにも行ってる？」

「ミラノの帰り道、乗り換えついでに一日観光をしようかと思ったことはございましたが、けっきょくまいりませんでした。祖母はよけいな小遣い銭は持たせてくれませんでしたのです、
はい」

「あっは」

「まだ高校生でございましたので、安宿を見つける甲斐性《かいしょう》もございませんで」

「ふうん、高校生をミラノまで派遣したわけ」

「最初のバルセロナは、中学二年生で行かされましたですよ」

「そりゃすごい！　一人旅で？」

「添乗員付きの団体ツアーでございましたが、緊張のあまり何を観たかもほとんど覚えておりません」

貞光がチラッと目をやったのは、壁の時計だったようだ。

「ごめん、引き留めたね。エミリオ先生はきっと相性のいい師匠だから、精いっぱい学んできてください。がんばれよ」

教師顔で言ってやって、ふと思いついたことを出来心でつけくわえた。

「桐ノ院さんのソリストの座を狙ってくるのは、きみだけじゃないぞ。桐オケが動き出せば、ミスカ・キラルシュだのブリリアントで弾いた連中が手を挙げてきそうだし、いままでに協演したソリストは声がかかれば二つ返事だと思うしね」

自分で言って、ドキッとなった。

さらに貞光に追い打ちをかけられた。

「それはもう、桐ノ院先生の選《よ》り取り見取りなのは覚悟しておりますけれども、駆け出しバイオリン弾きにも夢は見られますのでねえ。精進いたしてみますですよ。

それではセンセ、今日はこれにてごめんください」

「あ、ああ、うん。わざわざありがとう」

戸口まで送って、後ろ姿を見送って、なんだかひどく萎《しお》れた気分で机に戻った。

「貞光、留学だって？」

吉山先生に話しかけられて、急いで笑顔を作った。

「ええ、はい。福山＝ロスマッティ・ラインが出来上がりそうですね」

「おまえさんがでっかい金星を挙げたおかげだな。俺のとこもコネにあやかりたいねェ」

「そういえば先生のコネクションってすごいですよね、杏奈くんの件もそうなんじゃ？」

「ありゃパリ時代の師匠のツテらしいが、なにしろ御大は人との縁をとことん大事にするからなァ。あれもあの人の才能だよ。俺はとてもじゃないがあそこまでマメになれん。

今日び一流になるには留学が不可欠だが、ただ留学させりゃいいってもんじゃない。実績があって生徒との相性もいい先生に弟子入りさせられなきゃ、行かせたって意味がないが、その点、御大が持ってるネットワークってのは一流だ。俺でも知ってるような錚々《そうそう》たる名前がバンバン出てくる。一流教師同士のつながりってやつさ」

「僕らはその恩恵に浴してるってわけですね」

愛想笑いで受けながら、そうしたことは何も知らない自分が恥ずかしかった。いちおう教師の端くれでありながら、業界情報は何も持ってない。っていうか興味もなかった。

「まあ守村はまんま恵まれてるが、運もいいよな」

「ああ、はい、それはもう師匠運バッグンで」

わかったつもりでうなずいたが、吉山先生が言った意味はそれじゃなかった。

「いや、生徒を引き当てる運もさ。貞光と言い、いまの二年生たちと言い。日コンに出せるような生徒に恵まれるラッキーなんて、そうは転がってねェのに、貞光に引き続き今年は二人もだ。正直うらやましいよ」

「僕の指導の賜物《たまもの》ってわけじゃないところが複雑ですけどね」

僕はそう苦笑した。

「貞光も小川さんたちも自分でチャレンジを決めましたし、小川さんたちの稽古《けいこ》は福山先生のご指導を仰ぎながらの代稽古ってふうで」

杏奈くんはもともと福山先生の秘蔵っ子で、僕は大学での授業を代行しただけだ。

「だが師事歴にはおまえさんの名前が出るんだ。入賞すれば立派な実績として残る」

「まあ……でも、ここだけの話、小川さんも入賞はどうですかねェ」

「ほうほう、じゃァうちの関田《せきた》のほうに分がありそうかい」

うれしそうに小鼻を膨らませた吉山先生に、僕は「ええ」とうなずいた。

夏休みに入ってすぐ、福山門下の学生たちによる合同発表会があった。福山先生の現在の直弟子たちプラス、僕ら門下生が教えている孫弟子たちを一堂に集めての大規模な勉強会だ。学生たちに人前で弾く場数を稼がせる意味もあるのだろうけど、僕にとってはむしろ教師としての勉強の場になった。玉石混交の学生たちの演奏を聴き比べることで、多くを学んだと思う。その中に吉山教室の三年生の関田さんもいて、僕としては光るものを感じた。だから言ったんだ。

「彼女の演奏は、彼女なりの歌いたい気持ちが迫ってきて、成長株だと思いました」

ところが吉山先生は、

「それを支えるテクニックがなァ」

と苦笑いし、

「守村んとこの二人にあけられてた水を、どこまで詰められるかだよなァ」

言っちゃっていいかどうか迷ったけど、溜《た》まりに溜まった憤懣《ふんまん》がはけ口を求めてたし、教師同士だからいいんじゃないかって気がして、打ち明けた。

「正直なとこ、あの二人は優秀なコピーロボットってだけで。自分なりの歌心を持ってる彼女がうらやましいです」

すると吉山先生は、皮肉っぽい顔になって言った。

「守村だってガラで化けたんじゃないか」

「え……？」

「まあ日コンのファイナルでは片鱗《へんりん》らしきものは感じたが、予選は御大の仕込みで通ったろ？

問題は、いつ刷り込みから脱け出てくれるかだが、いつか化けると信じていてやる大事さは、俺は守村の例で確信したぞ。

しかしそれも、仕込みに耐えられる根性と技術力があっての話だからなァ。関田の場合、歌心ばかり先立ってイマイチすなおじゃない。頭が痛いよ」

「はあ……」

「おっと、めし食う暇がなくなる。行こうか」

「あ、すいません、僕は午後は」

「帰るのか、じゃァな」

「お疲れ様です」

急ぎ足で出て行く先輩を見送って、僕も荷物をまとめて控室を出た。廊下を歩きながら考えた。

先輩の言い方からすると、僕もコピーロボットだった？　あー……たしかに日コンの準備をしていたときは、「とにかく俺の言うとおりに弾け」っていうご指導で、僕も反発したりする余裕なんかなくって。……そうか、言われてみれば、あれってコピーだったよな、ぜんぜん自覚なかったけど。ちょっと笑う。だから、ガラコンサート用の《雨の歌》で地獄を見たわけだ。

そっか、そうかァ……

僕はいまのいままで、コピーロボットな生徒には否定意識しかなかったけど、それって視野が狭かったようだ。オリジナルな演奏を手に入れる前段階としての模倣の時代っていうのは、頭から否定することじゃないんだ。もちろん、前段階としてなら、だけど。でもとにかく、生徒がそういう段階だからって、教師の僕がふてくされるのは間違ってた。『化ける可能性』を信じて、教えてやれることはきっちり教えつつ待つ、っていう姿勢でいなきゃいけなかった。

あ〜も〜、大反省だ、大反省だ!!

でも、（恥ずかしいやつ！）と思いながらも気分は明るい。正しい希望の持ち方がわかったからかな、やたらとうれしい。

江上くん、小川さん、いままでごめんな。心を入れ替えなきゃならないのは僕のほうだった。いままで、ほんとにごめん！　せっかく僕を選んで師事してくれたのに、冷たい先生だった。がっかりして、でも我慢してたのは、きみたちのほうだったんだよな。こんな未熟者でごめんなさい！

ああ……ほんとになー、正月に福山先生に愚痴りに行って叱られて、それなりにわかった気でいたけど、じつは腑《ふ》に落ちたわかり方にはなってなかったんだ。教師の心得その一が出来てなかった。きみたちの大事な半年間を犠牲にしてしまった。こんどこそほんとに本当の愛のムチで行くから、どうか許してほしい。

いますぐ誰かに話したい気分だった。かと言って、誰に話すにも恥ずかし過ぎる打ち明け話で、そうした深い話を愚痴れるような友人はいない。圭にだったら話せるけど、彼もいまはいない。

僕の恋人で同業の親友でもある桐ノ院圭は、目下、組んだばかりの自分のオーケストラを引き連れてウィーンほかへの十二日間の修学旅行中だ。

昨日の昼の便で成田《なりた》を出発したところで、今朝早くに無事パリに着いたって電話はくれたけど、総勢五十四人の団体ツアーの責任者だ。そうでなくても気の休まらないところへ僕のつまらない愚痴話につき合わせるのも気の毒。

あきらめろ、と思いながらも、帰り道にある喫茶店『モーツァルト』の軽食で昼を済ませることにしたのは、ニコちゃんにならら聞いてもらってもいいかも、という淡い期待があったせいだ。

フジミの代表世話人でバス弾きの石田《いしだ》ニコちゃんは、教師経験はないけれども人情の機微に通じた人で、打ち明けた話をよそに漏らすような人じゃない。黙って訴え仏を務めてくれるのがわかってるうえに、なぐさめ上手な人でもあるんで、昼食を口実に『モーツァルト』に寄ってみたわけだ。

しかし、カランカランとカウベルが鳴るドアを押して踏み込んだとたん、後悔した。

カウンター席に貞光がいたんだ。

「やあ、いらっしゃい！　おめでとう、すごいねェ」

コーヒーを淹《い》れながらニコちゃんがニコニコ言ってきて、留学話を報告に来ていたのだとわかった。

「ええ、ほんと」

僕も笑顔を作って返した。

「おまけに貞光は金銀の二枚看板しょって行くんですから、エミリオ先生も楽しみにされてると思いますよ」

ちょうどいいことに、カウンター席はおばさま方で埋まってた。なにかのサークルの人たちか、めずらしく店内は混み合っておしゃべりでにぎやか。テーブル席が一つ空いてはいるけど、このまま出よう。

「あの、また出直します」

と言ったら、

「ごめんねェ」

と拝んできたニコちゃんいわく、

「こっちのことは心配しないでいいからね。振りたそうな学生さんがいないでもないんだ」

ニコちゃんは、僕が代振り問題を心配して来たものと思い違えてた。

「ええ、それならいいんです」

こちらもそうだったふりでニッコリしてみせて、「じゃァまた」と二人に手を振って店をあとにしたけど、貞光の顔を見てしまったことで、いやな気分が再燃していた。

貞光のやつめェ……

今年もフジミの定演のコンチェルト・ソリストを由之小路貞光に譲ったのは、僕自身がハンパじゃなく多忙だったこともあるけれど、現役のフジミ団員であり昨年の日コンの金メダリストである貞光に花を持たせる意味もあった。

それと彼の元教師としての、教育的配慮って面も。

昨年度に東コン二位、日コン一位という成績を上げながら、当然嘱望されるソリストの道への意欲がいまいち煮え切らない貞光に、僕もだけど、彼の担当教授である福山正夫《まさお》先生も歯がゆい思いをされているようで、圭とのコンチェルトでやる気に火がつけばいいと、そんな計算もあったんだ。

なにせ貞光は、この七月に始動した『桐ノ院圭オーケストラ』の楽員には応募してこなくて、かといって他で何かやってるのかと言えばそうでもないらしい。今年の初め、小楽団を組んで夏ぐらいにはデビューしたいとか言ってた話は、その後なんの音沙汰《おとさた》もないし、かと思えばひょろんと桐ノ院オケの事務局でアルバイトをしていたりする。フジミでの代理指揮者は続けてるようだけど、肝心のバイオリニストとしての活動は休止状態のままらしい。

まあ、まだ大学院生だから、プロ活動を始めるのは院を修了してからって腹づもりかもしれないけど、それにしてもバイオリンから気が逸《そ》れ過ぎてやしないかと、心配になっていた。

だもんで、僕にとっても年に一度だけの楽しみである、フジミとのコンチェルトを譲ってやったんだ。圭は今年もダメですかと残念がったけど、コンクール挑戦者を抱えた教師に夏休みはないし、ロン・ティボーの最終ツアーの準備もあるからって、口実まで立てて納得させて、貞光にチャンスを提供してやった。

でもって教育的配慮による活入れはまんまと成功したわけだけど、まさかそれが手ごわい敵に塩を送る結果になってしまうとは！

あ～も～っ、ほんっと頭にくる！　貞光にじゃなく、教師にあるまじき自分の狭量さにだ！

貞光との出会いは三年前、僕が母校である邦立音大の非常勤講師に就職した年の、初めての受け持ち生徒たちの一人としてで、当時、彼は学部の三年生だった。

ふつう実技の教師っていうのは、入学時に決まって卒業まで替わらないものだけど、貞光の場合は一年ごとに担任が交替して、僕が三人目だったのは、彼が教師を怒らせるのを得意とする問題児だったかららしい。

らしいというのは、僕と貞光のあいだでは取り立ててトラブルはなかったからだ。授業にはきちんと出て来るし、練習もちゃんとして来る。しかも実技の成績は一年からずっと学年五番以内をキープしてきた、優秀な生徒。

あえて難を言うならば、出来過ぎの生徒ではあった。

初めて教える立場にまわった駆け出し教師の僕なんかには、このうえ何を教えてやればいいのかわからないくらい、自立した学習能力で課題曲はスイスイ弾きこなし、放っておいても試験はA評価を取る。もっと言えば、どういう弾き方をすればAを取れるのかを心得ていて、しかも自力で実践できるのだから、指導者なんていらないだろうってな秀才ぶり。

もっとも、そうした優秀さを一皮剥《む》いた下に、そつなく高得点を取るための弾き方しかしないという本当の難点があって、僕の前任者たちが匙《さじ》を投げた原因はそのあたりだったんじゃないかと思う。

両親はともにヨーロッパで活躍中の演奏家で、一人息子の彼は当たりの遺伝子を二乗に受け継いで音楽的な才能豊か。養育を任されたお祖母《ばあ》さんは、孫に恵まれた才能のよき理解者で、くわしく聞いてはいないけれども幼少時からそれなりの英才教育を費やしてきたのだろう。

だが彼は、ＤＮＡに織り込まれた欲求として、バイオリンを弾くこと自体は好きだったが、魂を込めた演奏というレベルに踏み込むことには、強い拒否意識を持っていた。

そうした弾き方をすれば、他人には絶対知られたくない自分の内実を、聴衆の前に赤裸々にさらけ出すことになる。そんな恐ろしいことはできない、したくない！　と……これはたぶん前任の教師たちには打ち明けなかった本音で、それについては頑強に口をつぐんだ結果が、匙を投げる格好での教師の交代……彼のことだから、頑強にだんまりを通す方法として、愛想のいい顔は崩さないまま、教師の指導やら忠告やらをヒラヒラと躱《かわ》しておちょくるような態度で消耗させ、頭に来た（か、自信喪失した）教師が自ら降板するふうに仕向けたんだろうけど。

彼が逸材であることは、僕みたいな教師未経験の素人にも見て取れたんだから、前任の先生たちの目にはさらに明白だったろう。こいつは育て甲斐《がい》があると気合いが入る、ところが当人はいっこうに指導に乗って来ない。聴衆の魂を揺さぶる演奏を作れる才能があることは、試験の成績で示してみせるが、教師が導きたい『魂を込めた演奏』への修練には取り合わず、ただ試験の点数が取れるだけの『そつのない優秀さ』でお茶を濁すことに終始する。それも明らかに確信犯としてだ。

そりゃァ熱心な先生ほど頭に来るだろうし、福山先生ぐらい海千山千でない先生なら、暖簾《のれん》に腕押しの堂々巡りをやらされているうちに自信を失いもするだろう。

ちなみに、僕はたまたま僕自身の事情が彼の問題と合致していたので、彼の本音を知ることができ、そのおかげで優秀な問題児との良好な師弟関係を維持できた。

彼が恐れていたのは、自分が同性に魅《ひ》かれるホモセクシュアルであるという事実が、うっかり演奏にあらわれてしまうことだったから。

同性愛者であることの後ろめたさは、自分が（ほかにも各種ある）社会的につまはじきされるマイノリティの一員だと自覚している人々とならば、ある程度は共有できるだろうが、いざ目の前にいる人物が理解者たり得るのか敵予備軍なのかは、たがいに腹を割り合わないかぎりわからない。

貞光と僕の場合は、僕が同性のパートナーと結婚生活を送っている男であるのを、貞光に察知されたことで、少なくとも敵には回らない人間だろうと判断され、彼は、僕に本音を打ち明けた。

そして僕は（批判なんてできる立場じゃないから）彼の言い分を受け入れ、以来（その方面では）とくに肩入れもしないけれど否定的な見解も持たない傍観者として接してきて、彼にとっては希少だろう（そっち方面での）気の置けない存在である自負がある。

おたがい、プライベートを茶飲み話にするタチではないので、そっち方面の話をしたのはあのとき限りだけど、同族意識はそれとなく通底していて、彼とのあいだの気が置けない雰囲気は僕にも好ましいものだった。

が……バイオリニスト同士という次元に立ってみれば、僕の心に波立つ部分がなかったとは言えない、と……正直に言えばじつは『波高し』だったと認めるほかはない。

思えばたぶん、こちらは教師でむこうは生徒だという一種の防波堤の上から見ていたから、僕は彼の才能に対して平静でいられたのであって、嫉妬《しっと》や羨望《せんぼう》がまるでなかったなんて言えば嘘になる。

それが同じ土俵の上で向き合うハメになったいま、彼に対する、自分の存在をおびやかす相手だという脅威感と、勝てるだろうかという……いや、負けるかもしれないという危惧《きぐ》を感じさせられているがゆえの激烈な嫉妬心が、僕の心を占めている。

従兄弟《いとこ》の『あの子』に純情一途《いちず》な恋をしてしまった、ゲイである自分を知られたくないがために、天与の才能を捨てる覚悟でいた貞光が、（おそらくは僕と知り合ったことで）自分の真実を認めて折り合う方向へと踏み出し、その結果として持って生まれた演奏家としての才能と正面から向き合う道を選び、新進気鋭のバイオリニストとして立ち上がってきたことを、一皮剝けば狭量でわが身だけが可愛い人間だった僕は、まるで喜んでやれない。

ましてや貞光の望みが、桐ノ院圭の専属ソリストだなどと聞いてしまっては、僕の空前絶後にして絶対無二の超絶神聖な縄張りを荒らそうとする、憎《に》っくき敵としか思えない。

僕が獣であったなら、牙《きば》でも爪でも角でも蹄《ひづめ》でも総動員で、出て行けアピールに全力を傾けるだろう。

でも僕は理性を尊ばなきゃならない人間様で、おまけに彼の元教師という立場だから、本能に任せた縄張り争いなんてもんは否定しなきゃならなくて。

いや、それ以前にだ、貞光は圭って男を奪いに来るんじゃなく、ソリストの座を競い合おうと言ってるだけで、そこらへんを公私混同したら、ただの恥ずかしいやつだ。

もちろん僕は、そんなことは重々わきまえたうえで、でも圭のソリストの座は僕の物だって主張したいだけなんだけど。

……あれ、ちょっと待て。それって、主張しちゃっていいこと……か？

圭が桐オケで振るバイオリン・コンチェルトの相方は、僕以外あり得ないって……それって僕が勝手に決め込んでるだけじゃないのか？　なぜなら僕は彼のプライベート・パートナーだから、って理由はまさしく公私混同だろ！

いや、まあ、圭はそのつもりでいてくれそうな気はするけど、私生活でパートナーなんだから、ステージでも協演してあたりまえ、ってのは世間で通用する感覚か⁉　これが男女のカップルならおしどり夫婦の協演で片づくかもしれないけど、僕らは同性婚のゲイカップルで、連理の枝でほほえましい、なんて受け取り方をしてもらえるなんて思わないほうがいいどころか、まったく期待できないんだ。

それにそもそも、圭の理想に届くコンチェルトを弾けるバイオリニストは、世界広しといえど僕だけだ、なんて胸を張って主張できちゃうほどの腕前か、おまえは……

そうなんだ、だから僕は貞光が怖いし、ライバル宣言にはげしく動揺もするんだ。

「桐オケでいずれコンチェルトをやるとして、ソリスト選びは圭の権限。そこんとこをルールとして確定しておいて、あとは圭に任せる。《シベコン》は断然僕がやりたいけど、ほかの曲では圭なりの選択があるかもしれなくて……いや、あるだろうから、僕は変に嫉妬したりしない。どっちにしろコン・マス席にはいられるんだから、それでいい。うん、オッケー」

声に出して自分に言って聞かせて、問題は片づいたことにした。

一年後か二年後か、はたまた半年後とかに、貞光がソリストに選ばれたステージに一楽員の立場で乗ることになったとしても、僕はコン・マスとしてベストを尽くすだけだ。いいな、守村悠季《ゆうき》。ああ、オッケーだ。

さて、再来週の十七日から始まる前期試験に向けた最終調整をがんばってる僕の生徒たちは、二年生の小川智子《ともこ》くん、江上新太郎《しんたろう》くん、橋田《はしだ》マリアくん、須永朝雄《すながあさお》くん、一年生の井生垣真澄くん、鈴木珠美《すずきたまみ》くんの六人。音高二年の定岡美晴《さだおかみはる》くんは、三学期制の学校なんで試験は十二月だ。

四年生の山田杏奈くんは休学ということで学籍は残しているけれど、すでにベルギー留学に旅立った。

ちなみに二年生から受け持って今年卒業させた新藤裕美子《しんどうゆみこ》くんは、五月にモスクワ音楽院を目指して渡欧した。彼女自身よりお母さんが大乗り気でそうさせたんだけど、時折届く絵葉書通信によれば、裕美子くんは近ごろ美形のロシア青年との恋に夢中のようだ。真面目な付き合いだが親にはまだ秘密だそうで、僕としても告げ口をする気はないけど、心配はしている。なにせ女の子（と言っても、もう二十二だけど）だし、箱入りお嬢様だから、いろいろと憂慮のタネは尽きないよ。

もう一人の卒業生で、頭痛のタネだった崎村小太郎《さきむらこたろう》は、地元の大阪《おおさか》に戻ってプロ・ミュージシャンへの道を模索している。何か進展があれば、ぜったいに自慢の電話をかけてくるに違いないが、いまのところ音沙汰《おとさた》がない。いつか、いいニュースを聞きたいものだけれど。

それにしても、この秋も忙しい。九月の後半までは生徒たちの試験対策でこっちもねじり鉢巻きだし、十月に入れば十一日が小川さんの日コン本選。そのあと二十日から一週間、ロン・ティボーの副賞リサイタルの最終ツアーで渡仏する。

桐オケのスケジュールが始まるのは年が明けてからになるだろうけど、修学旅行から帰ってくればコン・マス業務は動き出す。十一月には福山門下の発表会と、福岡《ふくおか》と名古屋《なごや》でのリサイタル。十二月後半の金土日は、僕の後援会である『雪輪会《ゆきわ》』のメンバーさんたちが主催してくださるサロンリサイタルで埋まるらしい。

もちろんありがたいことだけど、

「あーもー、なんか、背負えるだけ荷物しょって全力疾走する気分だよなァ」

でも何とかするっきゃない。演奏活動と教師業、コン・マス業の三足のわらじは、どれも脱ぐわけには行かないんだからしょうがない。

とりあえず圭が帰ってくるまでの十日間は、夫夫生活の方面には気を遣わなくて済む。亭主元気で留守がいい、なんてまでは思わないけどね。


まだうだるような残暑に大汗をかきながら家に帰りついて、『モーツァルト』で昼めしを食べてくるつもりだったのを思い出した。もう一度出かけるより、何か作ったほうがマシだった。

「そうめん、まだあったよな。うん、よし」

シャワーを浴びて、そうめんを茹《ゆ》で、わざわざ麺《めん》つゆを作るのは面倒だったんで、冷蔵庫にあったポン酢でいいことにして、素そうめんで腹を満たした。圭がいればこうは行かない。独り暮らしのラクさってやつだ。

簡素の極みの昼食を終えると、さっそく練習に取りかかった。まずは指の準備運動、それからツアー曲の定番になってるブラームスの《雨の歌》で調子を整え、いざ、今年こそ全曲を披露したいバッハの《無伴奏パルティータ　第二番》の第一楽章だ。

この曲は、最後の第五楽章の《シャコンヌ》が独り歩き的に有名だけど、作曲者の大バッハ先生は、第一楽章からの一連の流れの末に《シャコンヌ》に至る曲を書かれたのであって、僕ら演奏家は、原型である《パルティータ二番》としての通し演奏こそを、大事にするべきだと思う。

プログラム上の時間的な制約で、しかたなく第四楽章までは割愛するというダイジェストの仕方は、俗世の方便として許されるとしても、僕みたいに《シャコンヌ》しか勉強してない弾けないっていうのは、バッハ先生にバレたら「無礼な！」と大目玉を食らうところだ。

まあ、コンクールの課題曲だったんで第五楽章だけ先に勉強しました、っていう言いわけはできるけれども、跳び抜かした部分をその後やったのかと聞かれたら、いまからですと首をすくめるほかはなく。

でも僕がこの曲の完全制覇に取り組む理由はもちろん、バッハ先生の顔色や福山先生のハッパかけのせいじゃない。僕自身の野望として、この曲の完全版を僕の手で弾きたいからだ。

《シャコンヌ》という大団円的な名楽章で締めくくられるのが本来の姿であり、第一楽章からの一音一休符のすべてが必然性をもって成り立っている小宇宙を、完成しているそのままに聴き手の耳に届けたい。

だから、中途半端な取り組み方はしたくなかった。やるならやるで必要な練習時間が存分に確保できるタイミングで始めたかったし、始めたならば完遂するまで一気に集中しようと決めていた。

その時にいまを選んだのは、ただの直感というか……ずっと頭のすみにこびりついていた懸案感が、ふと（やろう）という気持ちに変わったのを、チャンスだと感じたから。

が……バッハは甘くなかった。

バイオリン独奏曲の宝玉といった存在である大バッハの無伴奏シリーズは、大学時代の練習課題にも入っていたけど、その時には見逃していた根本的なボタンのかけ違いがあって、エミリオ先生の内弟子時代に一から勉強し直した。あれは《ソナタ　第一番》だったけど、とにかく和声を緻密《ちみつ》に精密に編み上げて行く練習に全力を注ぎ、ふつうの曲の三、四倍の時間と気力を費やしたけど、どうにか成功した。

その後《パルティータ　第一番》も、これは生徒の課題を指導する必要性から勉強したんだけど、練習方法は共通してる。

楽譜には和音と読める形で記譜してあるのを（実際ほかの形には書きようがない）、二部や三部や四部の和声譜としてパートごとに横読みしながら、一パートずつ練習して覚え込むのが第一段階。それが済んだら、それぞれのパートを重ね合わせて弾けるように、段階的に練習を積んでいくんだけど……

「ああ、くっそ！　はいはいはい、焦らない、集中だ集中、やれる、やれる、がんばれ」
ってなぐあいに自分の尻《しり》を蹴《け》っ飛ばしながら手に入れた。

……そのころの話だけど、圭に和声演奏をモノにする大変さを愚痴ったことがあった。

「バッハの時代の演奏家たちは、こんなのをスラスラ弾いちゃってたのか？　パガニーニの挑戦でバイオリン演奏のテクニックが上がったっていうのは、嘘じゃないのかね。表面上の華やかさは後代のほうが勝ってるかもだけど、弓使いの腕前は昔のほうがすごかったのかも」

すると圭は物識《ものし》り顔で言ったもんだ。

「時代的な背景が違うからです」

「って？」

「教会音楽から始まったヨーロッパのクラシックは、グレゴリオ聖歌に代表される人声のコーラスが主流だった時代が長く、楽器は伴奏用。その後、楽器の性能が上がったこともあり、そちらが主役になる器楽音楽へと移行します」

「うん、そのあたりは西洋音楽史でやった。成績はAをもらったよ」

そう茶々を入れたのは、わかってることを長々ウンチク語りされるのを、ニコニコ聞いてる気分じゃなかったからだ。

　圭は（失敬）と頭《かぶり》を振ってみせて、続けた。

「僕が言いたいのは、バッハを含め当時の音楽家たちは生まれたときから、教会の讃美歌《さんびか》などでの和声演奏を聴き慣れていたということです。音楽家たちの多くは教会のお抱えだった時代ですし」

「あー、つまり……」

「譜面を見れば、彼らの耳の奥ではしぜんと和声に変換されて理解されていたと思います」

「あ、なるほど。僕らには和音に見えるのが、彼らには和声譜として読めちゃってたんだ」

「彼らにとっては伝統的に、音楽というのはそういうものでしたから、きみがされたような苦労は、語ってみても彼らには理解不能でしょうね」

「は〜あ、なるほどね。四苦八苦で呑《の》み込まなくても、最初から和声耳の和声アタマなんだ。はあ〜〜〜〜……ってことは、数弾いて慣れるしかないってわけか。まずは和声ってもんに慣れちゃうのが早道っていうか」

　そりゃァ道のりは遠そうだとため息をついた。

「英語脳とおなじような原理でしょう」

　圭が言った。

「あー、なんだっけ」

「日本人は英会話の習得に苦労しますが、学習を続けているうちに、ある日ふと、相手の言わんとすることがダイレクトに聞き取れるという体験をします。話された英語を脳内辞書でもって日本語に翻訳して理解するのではなく、日本語とはまったく形態が違う英語という言語を、一つのコミュニケーション・ツールとして理解できる回路が、脳内で開通するのです」

「ふ〜ん。じゃァ、コツコツやってけば、いずれ和声脳もできる？」

「日常すべてが英語圏という環境に身を置けば、早ければ半年で英語脳が開通すると」

「じゃァ少なくとも半年間ぐらいバッハだけに浸ってれば、何とかなるかもしれないんだ」

「きみはすでに弾き方は会得しているのですから、小むずかしく考え過ぎなのかもしれませんよ」

「頭で弾くんじゃなしに、体が覚えてるんじゃないかって？」

「理屈にこだわり過ぎないで、感覚的に捉《とら》えるよう心掛けたほうがいいのではないかと思いますが」

「まあ……六曲やり上げたころには、そういう境地に行けてるかもしれないね」

いやいやと反論したい気持ちを抑えて、そう丸めた。バイオリンは弾くけど趣味に留《とど》まっている圭に、これ以上わかったふうなことを言われたくなかった。さっきの「小むずかしく」って言い方、カチンと来たぞ。「むずかしく」じゃなく「小むずかしく」だってさ、けっ。

　でも、彼の言い分に救いめいた希望を覚えもして……《パル一》はまだまだ要研磨だけど、

《ソナ一》は得意曲として弾けるようになったいまの僕なら、《パル二》もそう苦労せずにすいすい行けるんじゃないかと、そんな虫のいい期待があったんだ。

ダイジェストされて独り歩きするほどの名曲ゆえに、掛け値なしの難曲でもある第五楽章はもうできてるし、第一楽章の《アルマンド》から第四楽章の《ジグ》までは、和声表現はほとんどない単旋律で、簡単とは言わないけど奥歯がすり減るほどの刻苦艱難《かんなん》はしないで済むはずだった。

ああ、それなのに……

引っぱり出した楽譜の表紙の、原題にある『senza basso』がふと気になって、調べてみる気になったのが運の尽きだった。（原題＝6 Solo a violino senza basso accompagnato クラシック音楽作品名辞典／三省堂）

直訳するなら［senza ＝〜なしで］［basso ＝低音部（この場合は通奏低音）］なんで、僕は従来このタイトルは、（バロック音楽には欠かせない）通奏低音楽器は入らない、バイオリン一本の曲ですよ、ニュースタイルなんですよ、というのを強調してるだけだと思ってたんだ。

でも《パルニ》の練習を始めてみたら、何かが引っかかる。

そこで翌日、大学でのレッスンついでに図書館に寄った。あれこれの校訂版の解説やらを漁《あさ》っていたところが、ふと目についたバイオリニストで芸大《げいだい》教授の湊川《みなとがわ》先生の論文に、「バッハの作品に通奏低音がないというのはあり得ない。これは、バイオリニスト自身が自分で低音も司《つかさど》る、という意味にほかならず」……とあるのを見つけてしまった。

すなわち、見かけは単旋律に記譜されている音の中には、じつは『低音部』が混じり置かれていて、演奏者はつねにそれを意識して弾かないといけない、というのが湊川先生の主張で、そう言われてじっくり楽譜を睨《にら》んでみたら、なるほど、どうもそういうことらしい。

多声部の和音的表記になってる部分では、一番下の音が通奏低音的な役割だっていうのは見てわかるわけだけど、単声と思ってた部分にも、じつは重声を分散して書いてる場合があるようなんだ。

たとえば低音楽器が一拍目でミと入って、それに続けて高音楽器がオクターブ上方でレファミレとか行くようなフレーズ構成は、バロック曲ではオーソドックスだけど、奏者が二人なら低音楽器はミと入ってそのまま鳴り続ける。高音楽器はその音の上に旋律を繰り広げる。

その感じをバイオリン一本で表現しろというのが、バッハ先生の『センツァ・バッソ』という但し書きの意味なのだった。

ああ……ほんっと、バッハ先生ってば甘くない。

なにしろ、そうした演奏を実現するのも簡単なことじゃないうえに、どの音がバッハ先生の想定した『低音部』なのか、記号も何もついてないんで自分で判断するしかないんだ。

バロック時代の演奏家なら、曲にはオープンサンドのパンのごとくに通奏低音が敷かれているのがあたりまえだったから、自分が弾いてる音の中から「あ、これ低音部」としぜんに聞き分けてたんだろう。

弾き手がそういう意識で弾けば、聴き手にもそういうふうに聞こえるもので、つまり僕も、あたかも通奏低音が添っているごとくに聞こえるよう弾かなきゃいけないわけで……しかし、あいにくとバロック人じゃない僕には、ひたすら楽譜を熟読してバロックの流儀を解読するという、手間暇かかるしむずかしい研究作業が必要で……！

半日と一晩やってみたけど、にわか研究じゃ埒《らち》が明かず、思い余って音大御用達《ごようたし》の楽譜店に、湊川先生の校訂版は出ていないのか聞いてみた。楽譜の校訂もなさっている先生なんだ。

「バッハはまだですねェ」という返事に、出版予定はあるらしいと踏んで、いつごろになりそうかと聞き返したが、情報通のベテラン店長も「わからない」とのこと。

「公開のセミナーなんかもされてますけど、今年の分はもう終わりましたねェ」

芸大なら会いに行くのも遠くはない。でも紹介もなしの飛び込みで質問しに行けるかというと、そうもいかないだろう。福山先生とつながりがあれば、ご紹介いただけるだろうけど……とにかくご相談してみよう。

あーでも待てよ、以前バッハのご指導をいただいたときに、何か言われなかったか？　あ～う～～～～ん～～～～～～～～っ……思い出せない。聞き流して忘れちゃったのか、もともとそれについては何もおっしゃらなかったのか、それとも湊川先生とは解釈が違うのか……

とりあえずエミリオ先生からは、そうした注意は言われなかった。じゃァ先生ご自身の演奏はどうだったろう？　演奏会のカバン持ちをやりながら、バッハの無伴奏は何度も拝聴したけれど……そこに的を絞った聴き方はしてなかったからなァ、ものすごく自然な感じで弾いておられた印象はあるんだけど。

弾いてみればわかる演奏上のむずかしさをまるで感じさせない、いとも楽々と奏でていらっしゃるようすに、一生かかってもこんな境地には届かないだろうなァと尊敬を新たにしたもんだった。が……先生の演奏で通奏低音が鳴ってるイメージはあったか？　あったような気もするけど、うぅ〜〜〜んん〜〜〜〜〜〜〜〜〜〜……

「ったくなァ、ちゃんと耳をかっぽじっとけって！　二年もおそばに居たくせに、このダメ弟子がっ！」

こりゃ雷が落っこちてくるのは覚悟して、お尋ねしてみるしかないな。だってこれは、演奏上の大事なキモだって思うんだ。

で、どっちにお聞きする？　あー……まずはエミリオ先生かな。バッハに関しては、福山先生もエミリオ先生に一目置いておられる。

時差があるんで、ロスマッティ家の夕食時間が過ぎるまで待って、電話した。

麻美奥様がお出になったんで、桐オケのローマ見物を引率していただくお礼を言った。

「お忙しいのにご厄介をおかけしまして申しわけありません」

《ちょうど体が空いてたんでお引き受けしたんやし、わたしも楽しみにしてます。そないに気

にしはらへんでええよし》

「ありがとうございます。あ、それと由之小路くんの件、聞きました。僕が言うことじゃありませんが、よろしくお願いします」

《あら、教えてはったんやないの？》

「優秀過ぎて、僕なんかが教えられることはあんまりなかった生徒なんで。突飛な服装が趣味のやつなんで、目に余ったら叱ってください」

《トサカ立ててはるの？　パンクとかいうふうな》

「ああ、いえ。言うならばカーニバル系、ですかね？　羽織袴《はおりはかま》とかで伺うかも」

《そら面白そうやわ。ちょんまげなら、なおよろしなあ》

「あははは、けしかけときます。ところで先生はお手すきですか？　バッハの無伴奏なんですが、奏法のことでお尋ねしたいことが出来まして」

あいにく今夜はお留守で、明日から北イタリアでの演奏ツアーに出られるそうだ。ちょうどシーズンが始まったところだもんな。来週の月曜の夜ならいいだろうということだったので、かけ直しますとお約束して電話を切った。

でも来週かァ……先に福山先生に伺ってみようか。

水曜日、昼休みを狙って大学に行った。この時期はいつもに増してお忙しい先生のお邪魔にならないよう、昼休憩のあいだに少し時間をいただければと思ったんだ。

教授室に伺ったら、まだ鍵《かぎ》がかかっていたんで、廊下でお戻りになるのを待った。レッスンが長引いているんだろうと、二十分待ってみたけど、お戻りにならない。

「あー……これはダメかな」

たいてい先生は教授室で愛妻弁当を召し上がるんだけど、今日は違うのかもしれない。もう十分待ってみて、「また明日だ」と帰りかけたところへ、先生がおいでになった。

「おう、何か用か」

「はい、少しお尋ねしたいことが」

「俺はいまから昼めしだ。食いながらでもいいか？」

「はい、もうしわけありません。ありがとうございます」

先生について部屋に入り、さっそく話に取りかかった。こちらの用件を早く済ませたほうが、先生はゆっくり食事をなされる。

「バッハの無伴奏の奏法についてなんですが、気になる論文を見つけまして。芸大の湊川教授がお書きになったもので、センツァ・バッソの解釈に関連して、要所要所に隠れ低音があるのを意識して弾かないといけないという」

ご存じですか、とは聞けずに語尾を濁した。

席に着いて弁当箱を開けておられた先生は、

「ほう」

と僕を睨んだ。どうやら、あの論文はお読みではないようだ。

「いつ出たやつだ」

という問いはありがたかった。

「『弦楽研究』の先月号です。図書館でたまたま目に入りまして」

書店で買える『ストリング』みたいにメジャーな雑誌じゃないんで、ご存じなくても気兼ねがない。

「まだ読んどらんだった。近ごろ積読《つんどく》が増えてしまってな。そんな面白そうな話題が載っとったか」

先生は楽しそうにおっしゃり、僕は内心で胸をなでおろした。

「それで？」

「あ、はい。楽譜に当たってみて、なるほどと思ったんですが、実際どの音が隠れ低音なのか、僕には読み切れませんで。それで湊川先生にお尋ねすることはできないかと。校訂版を探したんですが、まだ出版されていなくてですね」

「俺なら弟子以外には教えんぞ」

からかい口調でおっしゃって、お続けになった。

「湊川先生と面識はあるが、いまはまずいな」

四角く切り取って口に詰め込んだゆかりごはんを嚙《か》みながら、先生は僕に向かって渋面をお作りになった。

「日コンの審査員だ」

「あ……」

「中には口さがない人間もいるからな、みょうな勘繰りをされては迷惑する。本選が終わってからにしろ」

「わかりました」

と言うしかなかった。先生が心配されているのは、本選出場者を抱えているいま、審査員の立場におられる方に会いに行くのは、誤解ないし曲解を生む危険があるということ。『李下《りか》に冠を正さず』の用心をしろというわけだ。

「それで具体的にはどういうぐあいなんだ。楽譜はあるか？」

「あ、はい」

心がけとしてカバンに入れてきた《パルニ》の譜面をお見せしながら、ここだのここだのがたぶんそうだと思う、と僕なりの見解をご説明した。

先生はせっせと弁当箱の中身を片づけながら、ふむふむとうなずいてお聞きくださり、

「エミリオには聞いてみたか」

とお尋ねになった。

「昨夜お電話したんですが、お留守でした。こんどの月曜日にかけ直します」

「うむ。面白い研究になりそうだな。十一月の発表会で成果を聴こうか」

うっ！　そう来ますか。

「《パルニ》の一・五楽章でどうだ。抜粋の仕方は任せるが《シャコンヌ》は外せまい」

「はい。ええと……がんばります」

師匠のススメは命令とイコールである。

「ちょうど尻《しり》に火がついたところだしな」

先生はお人悪げにニマッと笑っておっしゃった。

「貞光の件、聞いたな」

「あ、はい。月曜にあいさつに来ました」

「教師の沽券《こけん》に懸けて、追い抜かれるなよ」

うぐっ……

「おい、コーヒーを作ってくれんか」

「はい」

備え付けの電気ポットのお湯で、インスタントドリップのコーヒーを淹《い》れながら、僕は重いプレッシャーがひしひしと肩を圧《あっ》してくるのを感じていた。

ええ、だいじょうぶです、負ける気はない。負けません、ぜったいに。

木曜日は、午後が源太郎《げんたろう》さんとの稽古《けいこ》日なんで、朝からリサイタル曲の練習に専念する。

十月の最終ツアーでは、パリを中心に三都市五ヵ所でソロ・リサイタルをうたせてもらうことになっていて、持っていく曲はチャイコフスキー、ブラームス、フォーレ、サン・サーンス、パガニーニなど。

《チャイコン》は先方からのリクエストで、オケとの協演でやらせてもらえるかもって耳打ち情報もあったんだけど、けっきょく沙汰《さた》止《や》みになったようだ。いまだに事務局からは何も言ってこないんだから、そういうことだろう。オケとやるなら練習日やリハーサルが必要で、直前での日程調整なんてあり得ない。

なので目下は、ピアノ伴奏バージョンで披露する予定で、稽古を進めている。源太郎さんは《メンコン》のほうが好きだそうだけど、僕は《チャイコン》のほうがいい。

吉柳《きりゆう》源太郎さんは、ツアーにも同行してもらっている伴奏ピアニストで、ステージでの関係は協演者だから、言い方としてはただ『ピアニスト』と呼ぶべきかもしれない。『伴奏』と付くと、裏方的な陰の存在っていうふうに聞こえると思うから。

もっとも彼自身は、自分を『伴奏ピアニスト』と呼び、主役である演奏家を後ろから支えるプロフェッショナルだという誇りを持っている。

だから曲作りに関しては、けっして自分がリードすることはしない。僕が演奏したいように奏《や》れるよう、完ぺきにサポートすることのみを目指してくれる。それが彼のプロ意識なんだ。

また彼は、僕と圭の仲を知っているけど、留学してたフランス仕込みの個人主義を価値観としているようで、男同士の関係に偏見はないのだと思う。腹の中には隠し持っていて、表面上はいい顔を繕うとか、そういう人柄じゃないし。たまに会話の流れでからかってくることもあるけど、いやみなところはないから、僕も笑って受け流す。

そんな源太郎さんが、その日の稽古を終えたあと、僕に言った。

「桐ノ院さんと何かありました？」

「え……いえ、べつに？」

「そうですか。夫婦喧嘩《げんか》でもしたのかと思いましたが、違いましたか」

源太郎さんはそれを、腕組みして頭を振りながらという、気になるようすで言ったので、僕は聞き返した。

「なんか態度が変でしたか？」

「いえ、音です」

きぱっと言って、源太郎さんは続けた。

「いままで守村さんは、稽古に入るとわりと安定してました。精神的な動揺やストレスが、すぐ音に表れちゃう人のほうが多いんだけど、守村さんは抑制が利くというか。今日はちょっとヤバいか？　と思ってると、そのうち自分で軌道修正するんですよね。たぶん無意識だったと思いますけど」

「あー……自分の音が荒れたり尖《とが》ったりしてればわかりますから、そりゃ直します」

「じゃァ今日は気づかなかったわけですか。……重症だな」

ボソッとつけくわえられて、急いで稽古を振り返ってみた。ええと……

「荒れてました？」

なんて聞けちゃうほど、僕と源太郎さんは近しかった。

「荒れてたというのとはちょっと違いますけど、いつもの守村さんらしくはなかったです」

「ええと、どんなふうに？」

「尖《とん》ってました」

「音色がですか？」

「曲想というか、弾き方というか……」

「あー……つんけんした感じ？　喧嘩して気が立ってるような感じに聞こえたんですかね」

「ん～、でも喧嘩はしてないんでしょ？」

「してませんよ。圭はいま修学旅行の引率中ですけど、出かける前にも揉《も》め事なんかなかったし。電話でだって喧嘩なんか」

「相変わらずラブラブですか。いいなあ。うちはいよいよ倦怠《けんたい》期入りっぽいです」

「え～？　だってまだ何年目です？　奥さん、学校が忙しいだけなんじゃ？」

源太郎さんの奥さんは中学校の先生だ。

「結婚するまでが長かったですからね、七年目はとっくに過ぎてます。なんて話はどうでもいいんだ。あれです、あれ、ボクサーとかの……あ、闘争心！　うん、そんな感じだ。ピリピリした、静電気を溜《た》めてるみたいな。バチッとスパークしたら痛い」

「あー……」

「そういう緊迫感が似合う曲もありますけど、守村さんのカラーじゃないし、今回のレパートリーには向きません。原因に心当たりがあるなら、早く解決したほうがいいです」

ずばずばと忠告されて、心当たりがあった僕は、あの件を話した。つまり貞光のことだ。

誰かにぶちまけたかった気持ちの堰《せき》が切れたというか、しゃべり出したら愚痴が止まらない感じで、自分でもみっともない気がしながらも、あらいざらいを打ち明けた。黙って聞いてくれた源太郎さんは、聞き終えるとフ〜〜〜〜ッと大きな大きなため息を吐いて言った。

「あのですね、僕の見立てでは、守村さんの敵は守村さん自身のコンプレックスです。

言っちゃ悪いけど要はぽっと出の若造くんに、簡単に先を越されるほど、おたくが積んできた経験値は低くないです。演奏家としての格も実力も、高尾山《たかおさん》と秩父《ちちぶ》の山ぐらいの標高差があります。お世辞じゃありませんが、あなたは信じないでしょ？　でも事実です。

まあ、ライオンはネズミでも全力で叩《たた》き潰《つぶ》す、でしたっけ？　そういうファイトもありですけど、とりあえず音に出しちゃダメです。守村さんは癒《いや》し系の演奏家なんですから、そういう自分を大事にしてください。僕のめしのタネでもありますしね」

冗談も真面目な顔で言い継いで、源太郎さんはひょいと僕を指さした。いや、肩か？

「その憑《つ》き物、早く落とさないと首肩に来ますよ」

言われて、思わず手をやった。

「いまだってガチガチでしょ。端的に言えば、力んでた。マッサージでも鍼《はり》でも何でもいいですけど、治療したほうがいいです。行きつけ、ありますか？」

僕はあると答え、源太郎さんは重ねて「すぐにでも行け」と勧めた。

「じゃァまあ、そんなことで。来週も同じ時間でいいですかね、了解です。じゃ、どうも」

渡した茶封筒と使った楽譜を愛用のショルダーバッグにしまい込むと、源太郎さんは颯爽《さっそう》と帰って行ったが、ピアノの前から立ち上がって玄関を出て行くまで、ずっとぶつぶつ独り言をたれていた。

来週もこの調子なら、こっちも変えなきゃいけないか？　もう一回ようすを見てからで間に合うか？　そんなことをブツブツ自分と相談していた。

源太郎さんとの一幕で、吐き出したかったことをぶちまけられたおかげだろう、もやもやしていた気が晴れた僕は、大いに反省した。

貞光への競争心でムキになって、ぎすぎすした音になってたのにも気づかなかった。大人げないってのはこのことだ。

お世辞じゃない、事実だと言い切ってくれた源太郎さんの、褒め上手に感謝だ。ほんとうの敵は、きみが腹の中に飼ってるイジケ虫だ、という歯に衣《きぬ》着せない指摘もありがたかった。あいうことは、たぶん源太郎さんにしか言ってもらえない。

圭がいないときでよかった、と思った。若手の台頭にヒステリックになる、小心者のお山の大将そのものに、みっともなく嫉妬《しっと》で我を忘れたなんて、知られずに済んだ。

そして、この一件は圭には黙っていようと決めた。もう解決した問題なんだから、忘れてしまおう。

整体院には行かなかった。たしかに肩凝りはしてたけど、すぐさま治療に飛んでかなきゃならないほどひどくはなかったし、風呂《ふろ》とストレッチで充分ほぐれたので。

金曜日は、小川さんの伴奏つきのレッスン日。日コンの本選はコンチェルトが課題曲で、小川さんはメンデルスゾーンを弾く。

あの貞光の演奏と比べると一回りも二回りも小粒に聴こえるのは、コンクール用のセオリーとしてマイナス点を避けるために、とにかくきれいにまとめることを重視してるせいだ。

本選出場者といっても、大学の試験は免除にならないので、彼女の二重苦の大変さは察するに余りある。在学中のコンクール挑戦なんて、僕にやれただろうか。でも、どちらも手を抜いたりしたら意味がないから、僕は鬼教官に徹する。せっかく本選に通ったんだから、なんとか入賞させたいし、彼女もよくがんばっている。

伴奏者は源太郎さん。僕が推薦して、福山先生も賛成してくださった。気心が知れ合ってる僕ら二人で、小川さんの挑戦を脇から支える格好だ。

「あーストップ、そこのテンポが微妙にだれるから、次のフレーズの入りがもたついて聴こえる。ためを作ってる意味じゃないんでしょ？　そこはインテンポでさらさらっと行かなきゃ。二小節前からもう一度」

最初から素直過ぎるほど素直な生徒だった彼女は、大勝負を前にしてますます僕の指導にがみつく感じでいて、先週までの僕はひそかに、そうした彼女を疎まない努力をしていた。でも模倣イコール思考停止の絶対悪だと忌み嫌っていたのは、僕の視野の狭さからくる偏見だったと気づいたおかげで、今日は彼女の食いつきを素直に評価してあげられる。

「うん、よくなった。けど……お風呂には入ってる？」

一瞬、何とも言えない目で見返された。

「守村さん、それセクハラです」

すかさず源太郎さんが口をはさんでくれて助かった。

「ああ、ごめん。指が重そうなんで、ケアは出来てるのかなとね。こういう詰めた練習をガシガシやってるときは、毎日というか朝晩でも風呂に入って、しっかり手のマッサージをやるんです。知ってた？」

「ああ、いいえ、お風呂までは」

小川さんはやっとショックから立ち直ったという顔で、首を振った。

「くたびれた指のケアはどうしてる？」

「ハーブを入れたお湯に手をつけて、マッサージします」

「それじゃ足りないんだ、全身の血行を良くしてやらないと。指、前腕、二の腕、肩、首。僕の場合は背中まで来ちゃうけど、凝った筋肉はマメにほぐしながらやらないと、ツケが溜まってひどい目に遭う。専門家のマッサージとか鍼治療は受けたことある？」

「鍼は何度か。でも、あんまり効いた感じがしなかったです」

「スポーツ医療に明るいとこじゃないとダメですよ」

源太郎さんがまた、いい助け舟を出してくれた。

「僕の家の近所にあるけど、行ってみる？　鍼灸《しんきゅう》はやってなくて、整体骨接ぎマッサージってとこだね。僕も世話になってる先生たちだけど、腕はいいよ。玉城《たまき》整体療法院、健康保険が使える。電話番号、教えとこうか？　予約入れて行ったほうが待ち時間のロスがない」

小川さんはちょっと迷ってから（十九歳の女子大生には、マッサージとかはハードルが高いんだろう）、お願いしますとうなずいた。手帳の要らないページを一枚破って、携帯のメモリーに入れてある番号を書いて渡した。

「お姉さんと弟先生とでやってってね、女性のほうが気楽だろうから『巴《ともえ》先生』を指名しとくといい。僕からの紹介だって言うと、話が早いと思う。べつに割引とかにはなんないけどね」

思わずってふうにニコッと頰を崩した小川さんの表情に、胸を衝《つ》かれた。彼女の笑顔を見るのは、ずいぶんとひさしぶりだったからだ。そして彼女から笑みを消してたのは、僕の態度だったに違いない。僕が彼女を、心も感情もないロボット扱いして、ちゃんとしたバイオリニストの卵として見てこなかったから。

でも（ごめんね）は口には出せない。胸の中でしみじみ詫《わ》びるだけだ。

「さてじゃァ……宿題にしてた、ここのとこ行ってみようか。源太郎さん、一小節前からください」

二時間みっちりの稽古《けいこ》を終えて、彼女を送り出したあと。源太郎さんが真面目くさった顔で言った。

「ラブレターが来ても知りませんよ、僕は」

「ええ～？　なんですか、それ」

僕は笑って答えたけど、源太郎さんはあくまで真剣だという顔つきで見据えてきた。

「急にやさしくなった先生に、恋心が燃え上がっちゃっても、僕は驚きませんよ。はたから見れば守村さんは、若くて美形でカッコいいスターで、おまけに花の独身だ。逆ナンかけられたときの対策、考えといたほうがいいです」

「生まれてこの方三十年間、女の子にモテた覚えなんていっぺんもない男ですよ」

苦笑した僕に、

「熱烈ファンクラブをお持ちのお方が、何をおっしゃるやら」

源太郎さんはフンと鼻を鳴らして、楽譜を詰め込んだショルダーバッグを手に立ちあがった。

「それじゃ、また」

「あ、駅まで一緒に」

「僕はもう一仕事です。吉山先生のとこで」

「えっ、関田さん？　ありですか、そういう掛け持ちって？」

「臨時です、向こうの伴奏者が捻挫《ねんざ》して今週だけ。可哀そうですよね、そういう足引っぱりは」

「ほんと。源太郎さんも気をつけてくださいよ」

「はいはい。お疲れ様でした」

「お疲れ様」

駅への帰り道を歩きながら、源太郎さんの忠告を考えた。

まあ恋愛年代真っ盛りの女の子が相手だから、男相手とは違う注意も必要だろうけど、とりあえず小川さんには、楽譜以外のよそ見をしている余裕なんかない。

そもそも何があったわけでもないのに、こっちが変に勘ぐって先回りに警戒してたりするのは、勘違い男の被害妄想みたいでみっともないよ。

もちろんおかしな誤解を与えたりしないよう、接し方には注意を払うべきだろうけど、そこいらは常識の範囲内でいいんじゃないかな。うっかりセクハラ発言をしないようにとか。

　土日は、例の隠れ低音の研究に没頭して過ごした。譜面を睨《にら》みながら推理を駆使して、そうだと思われる音符をピックアップしていくのは、やり始めたらハマる作業で、つい二日とも熱中してしまった。

　いや、練習もしたいんだけどさ、なんかこう見つけ出すのが面白くって。

　しかし、台所のテーブルで譜面と首っ引きをしてると、肩が凝る。人体で一番重い部品だそうな頭を前屈《まえかが》みに支え続けてる首と、視力の悪い目から来てる疲れだろう。

　眼鏡で矯正できているとはいえ、僕はかなりの乱近視で、本を読むのが苦手なのは長時間細かい字を相手にするのがつらいせいもある。

　それでも今回みたいに楽しければ、一時間でも二時間でも集中できちゃうんだから、読書に気が向かない言いわけってもんかもしれないけど。

　日曜日の夕方、とうとう買い置きの食料品が底をついたので、しょうがなく街に出た。

　圭が帰ってくるのは木曜だから、水曜日までは手抜き食でオッケーだ。そうめんはさすがにもう飽きたから、インスタントの冷やし中華とか焼きそばとか、そのあたりだな。野菜はキャベツとモヤシぐらいあればいいか。あ、トマトが美味《うま》そう、買っとこう。

　晩めし用に唐揚げ弁当を買って、用事は済んだ。

帰り道の途中の空き地で、赤トンボの群れを見た。そうか、もうきみらが飛ぶ季節か。田んぼなんて一枚もないこのあたりにも、ヤゴが育てるような場所があるんだなァ。

新発田《しばた》の家の周りは田んぼと畑と里山だったから、虫やカエルとかの小さな生き物がわんさかいた。裏山にはタヌキもいたし、イタチも棲《す》んでた。トラクターが入れてある納屋の横にはニワトリ小屋。小学校の何年生ぐらいのときだったかな、小屋にイタチが入って一晩で全滅させられた事件があって、もうニワトリは飼わなかった。卵は買ったほうが安いよと、母さんが言ったのを覚えてる。ばあちゃんが死んで、ニワトリを絞められる人もいなかったし。父さんはそういうのはダメだったんだな、いま思うと。

「あーそっか、卵を買い忘れたな。まあいいや」

暑さがいつまでも残っているせいか、食欲がない。腹がすかないわけじゃないけど、あれが食べたいとかいう意欲が湧かない。なんとなくどうでもいいんだよな。

レジ袋一つ分の重たくはない買い物を提げて、ぶらぶら歩きで家へと帰る。疲れちゃってるのは楽譜の読み過ぎだよなァ。夜はバイオリンを弾こう。

家への路地に曲がる手前で、ばったり川島《かわしま》さんに会った。フジミのフルーティスト、川島奈《な》津子《つこ》さんだ。

「おや」

「あら」

と立ち止まった。

「お買い物？」

「ええ。川島さんは仕事帰り？」

「そ、土日は稼ぎ時」

フィットネス・ジムのインストラクターさんは、今日も美人だ。

「また痩《や》せたわね、忙しいの？」

言われて、

「そう？」

と顎《あご》を撫《な》でた。

「忙しいのは忙しい。生徒たちの試験前だし、日コンに出る子がいるし」

「え、本選？　よね、予選は八月だったでしょ、たしか？」

「うん、二人受けて一人は二次で落ちたけど、一人は通ってね」

「すごいじゃない！　なんて子？」

「小川智子さん」

「え、何年生？」

「二年だよ」

「わお、じゃ十九？　優勝できそう⁉」

「それはちょっとキビシイと思う。入賞には持っていきたいけどね」

「なんか、すっかり先生ねェ」

「うん、いちおう先生ですから」

「うふふっ、貫禄《かんろく》がつくには細すぎるけどねェ」

お姉さん顔で目を細めた川島さんが、「あ、ねえ」と指をはじいた。ぴっといい音がした。

「ひさしぶりにごはんつき合いません？　桐ノ院さんがいない隙に、『はなや』でイタリアン」

近ごろはあまり会うこともなく、会ってもあいさつを交わす程度なんで、たまにはゆっくりおしゃべりでもしましょうよという誘いだったが、急に言われても気が乗らなかった。

「あーごめんなさい、お弁当買って来ちゃったんだ」

頭をかきかきレジ袋を差し上げてみせた。

川島さんはきれいに整えた眉《まゆ》をひそめ、薄色の口紅で彩った唇を少女のようにぷんと尖《とが》らせた。

「そっか、忙しいのよね。大学の先生と、桐オケのコン・マスと、演奏会の三本立てじゃねェ。じゃァまあ、つき合いの悪さは許すわ」

「あはは、すいません」

「でも忙しくっても、ちゃんと食べなきゃだめよ。何事も体が資本ですわよっ？」

「は～い、気をつけま～す」

そんな会話で笑い合って、右と左に別れた。

川島さん、相変わらず元気だったな。まだ結婚相手は見つからないのかな。あんなに素敵な女性なのに……いいパートナーに恵まれて幸せになってほしいよ。圭よりイイ男を見つけるのは大変だろうけどさ。

家に戻って、シャワーで汗を流したついでに、洗面所に置いてある体重計に乗ってみた。

「ん～、ちょっと減ったかな。……まずいかな」

以前、圭が僕の痩せ過ぎを心配して、大騒ぎしたことがある。それ以来しばらくは適正体重以下に落ちないように気をつけてたんだけど、最近は体重を測る習慣もなくなってた。

鏡を覗《のぞ》き込んでみた。

「うん、いつものメガネカマキリ顔」

べつだん頬がこけたりはしてないのを確認して、（だいじょうぶだな）と判断した。

忙しくはあるけれど、精神的に追い詰められるほど忙殺されているわけでもない。栄養バランスを無視した食事で過ごしてたといっても、たかだか一週間の話だ。

「今夜は唐揚げ弁当だし」

ということで問題なし。

台所に降りて、パック入りの冷たい晩めしを済ませた。

……その夜だった。少し胃もたれしているぐあいだったが、薬を飲むほどでもなく寝付いた夜半、胸のむかつきで目が覚めた。

「え、なんだろ」

しかしとにかくヤバい感じだったんで、ベッドを出てトイレに行った。

酒も飲んでないのに吐くなんて不思議だったが、ともかく重かった胃が軽くなった回復感に安心してベッドに戻った。

唐揚げかな、油が古かったとか？　ふつうに美味かったんだけどな。

また吐き気が来ないか、少し心配だったけど、いつの間にか眠っていた。

目覚まし時計に起こされたとき、夜中に吐いたことを思い出したが、体調はふだんと変わらなかったので、たまたま胃袋の機嫌が悪かったんだろうということにした。

朝めしにインスタントの冷やし中華（具は省略）なんて、圭が留守だからできる手抜きっぷりがちょっと楽しい。酸味のたれで美味《おい》しく食べて、出勤した。

午前中は何事もなくレッスンに励み、今日から開いた学食で生姜《しょうが》焼き定食を食べ、さあ帰ろうと駅に向かっていたときだった。

急に胃が絞られるように痛くなり、吐き気がこみ上げてきて、どうにもたまらず道端の草むらに吐いた。

「うっそだろ、なんなんだ？」

胃痛が持病みたいになってたころも、嘔吐《おうと》することはめったになかった。昨夜《ゆうべ》の吐しゃ物は液状だったけど、こんどのは朝食べた麺《めん》まで形が残ってる。でも消化不良の症状なんて感じなかったのに……

「夏バテかな。いまごろかい」

ともかく昨夜と同じく、吐いてしまったあとはすっきりしたもので、吐き気がぶり返す兆候もない。飲み過ぎた酒を胃から追い出してしまえば、ケロッとなる感じに似ていた。

とりあえず脂っこい物は食べないほうが無難らしい。

富士見銀座《ふじみぎんざ》のスーパーで、うどんとレトルトパックのお粥《かゆ》を買い込んだ。

約束していた時間に、ローマに電話した。

まだ食堂にいらしたらしく、すぐに電話を代わられた先生は、少し鼻声だった。

「お風邪ですか？」

《シーズン明けなのにねえ。ロンドンがやたらと寒かった》

「お大事になさってください。あの、後日に改めましょうか？」

《ええよ、ええよ、たいしたことない。聞きたいことがあるんですて？》

「はい、じつは」

僕は質問事項を説明し、先生はちょっと黙ってからおっしゃった。

《その話、言いひんやった？》

「あー……たぶん」
《それやったら、出来てはるように聴こえたからやね。ユウキの《無伴奏》にはケチつけるとこがのうおしたんや。けど、気ぃついておへんやしたの》
可笑《おか》しそうに言われて、頭に手が行った。
「恥ずかしながら、まったく。いまから勉強し直します。でも、じつはそういう目で楽譜を読んでみても、どの音にチェックポイントをつけたらいいのか、判断基準がイマイチつかめなくてですね。だいぶがんばってはみたんですけど、僕の推理で当たってるのかどうか。バロックを充分勉強してこなかったもんですから、上手く勘が働かなくて」
《うちの耳が確かなら、勘は働いてた思うけど……そやな、一オクターブ上の音で代用してるとこは見つけにくいかもしれへんね。いくつか答え合わせしてみよか。楽譜ある？》
「あ、はい、あります」
急いで電話台の上にスタンバイした。赤ペンも持ってる。
《それならやね……たとえば、《ソナタ一番》の一楽章の六小節目、ターラララ・タラララのタ、どっちもチェックやね？》
「はい」
《うん、そこはわかりやすい。じゃあ九小節目、ここにも一個あるんやけど、わかる？》
予習では印が入らなかった小節で、あると言われて懸命に目を凝らしてみたけど、

「……すみません、わかりません」
《うんうん。タートゥララ……トリルがあってジャタリララの次のMi、このMiはじつは隠れ低音なんやねえ。わかる？》
「ええっ!? あ、いえ、場所はわかりますけど」
《このMiは、その前のMiとスラーが掛かってて、あいだのFa♯に米印のアクセント、つまり後ろのMiは半歩引き下がる感じに軽く弾くでしょ？ それ、チェロなんかがブンッと伴奏を入れる控え目さなんやわ。わかる？》
「えーと……あ、……あっ、そうか！ はい、わかります、そっか～！」
《フレーズのアタマにある音に目星をつけるのがコツやね。けど全部が全部そないとは限らへんとこが、バッハの音楽センスの偉いとこや。重さを出したいとこと、軽やかに行きたいとこで、絶妙に使い分けてはる。そやからバッハは、どんなに研究しても飽きしませんのやわ》
「はい。一生懸かりそうな難題ですね」
苦笑しつつにお返ししたら、
《うちは二世三世までおつき合いしとうおすわ》
うっとりとほほえんでいるような声音で返されて、ハッと目が覚めたような悟感を覚えた。
「そうですよね、一生じゃ足りないですよね。僕なんかじゃ五世も六世も懸けたって、バッハの神髄に指先ちょっとでも届くかどうか……。でも、がんばってみます。

お加減がよくないところにお邪魔してすみませんでした。おかげさまで手がかりがつかめました。ありがとうございました」
《お気張りやす》
「ありがとうございます」
話を終えて、先生が受話器を置かれるのを待った。
《あ、そやそや》
と先生が僕を呼び戻された。
《来月こっちへ来はりますやろ、寄れる？》
師匠にそう言われたら、返事は一つだ。
「はい、伺います」
《ツアーはいつからいつまで？》
「二十日のパリからで、二十七日のパリがラストです」
《うちは二十八日までハンガリーやわ。そしたら月曜日においない》
「二十九日ですね、お時間は？」
《午後には帰ってますわ》
「じゃァ夕方ぐらいがよろしいですね」
《ホテルは取らんでええよ、一晩バッハの話をしまひょ》

「はい、喜んで」

「お風邪お大事になさってください。失礼します」

《ほな、さよなら》

先生が切られるのを待って、受話器を置いた。

「ええと、二十八日の飛行機で帰って来る予定だったのが、二泊延長か。宅島《たくしま》社長に言っとかなきゃ」

電話の後ろの壁に貼ってあるカレンダーに、新たな予定を書き込んだ。月曜組のレッスンを移動しなきゃならないけど、もう日コンも終わってるし、よかろ。

あ、貞光の件ごあいさつしそこなった。そういえば、バッハの話は三人でやることになるのかな。まあいいけど。

あーそっか、それまでにチェックを仕上げて、答え合わせをお願いしよう。六曲全部となるとけっこうな分量になるけど、やれないこともないだろう。

火曜日はレトルト粥とうどんで暮らして、水曜日。

前の晩からつらかった背中の凝りが、一晩寝ても解消しなくて、しかたなく玉城整体院に行った。巴先生が診てくれて、開口一番「かなりひどいわよ」と言われた。

「もっと早く来られなかったの？」

「え、そんなにですか？」

「背中が板みたいじゃないの」

「昨日の昼間まではそうでもなかったんですけど」

巴先生のマッサージは弟先生よりソフトで気持ちいい。

しばらく無言で施術していた先生が、

「これはね～内臓から来てるわよ」

ギョッとするようなことを言って、続けた。

「夏のあいだ無理が重なってなかった？」

「いえ、今年はそんなでも」

「忙しかったんじゃないの？　それか、きついストレスが掛かってたか」

「あーまあ、忙しかったし、ストレスもありましたけど、例年並みというか」

「そんな感じじゃないなァ。ほかに症状は出てない？」

「夏バテのですか？　胃の調子は良くないです。お粥とうどんならオッケーですけど」

「受けつけない？」

「脂っこい物はダメですね」

「下す？　吐く？」

「ええと、後者で」

「あらら……でも腸炎まで行ってないなら、まだマシね。腸の不調は長引きやすいし、厄介なのよ」

先生が口を閉じると、ヒーリング用のおだやかなBGMが耳に戻ってきた。

凝りを癒《いや》してくれる心地よい手に身を任せながら、腸炎は困るなァと考えた。

調律科に転科した神山数馬《こうやまかずま》が、緊張すると腹を下すストレス性の腸炎に悩まされてた。一度は入院したほどの重症で、胃痛のほうが我慢が利くだけマシだよね、なんて話をしたっけ。

ああ……ほんとに、それは困る……

いつしかうとうとしていたらしい、

「はい、じゃァ仰向《あおむ》けになりましょう」

と声をかけられて目が覚めた。

狭いベッドの上でよいせと寝返りして、体をくつろがせ目を閉じた。先生の手がマッサージの続きを始めた。

「胃の調子が落ち着くまで、通ってもらったほうがいいんだけどな～」

巴先生のハスキーな声が言う。

「ええと、毎日ですか？」

「できれば」

うっわ～……

「そんなに深刻ですか？」

「そうねえ、カウンセリングのほうが効果が早いかも」

「精神的なストレスが原因なんですか？」

「心当たりはない？」

言ったもんかどうか迷ったけど、相手は心理カウンセラーの資格も持ってるお医者だ。

「問題はありましたけど、解決しました」

「話したくはなさそうね」

「気の持ちようの問題だったんで」

「いまはすっきり？」

「はい」

「じゃあ明日《あした》もう一度診せてもらえればいいかな」

つまり通わなくても済むらしいけど、

「すみません、明日はちょっと」

源太郎さんとの稽古《けいこ》の日だし、圭も帰ってくる。

「明後日《あさって》なら来られます」

ということで予約を入れた。

うん、背中はずいぶん楽になったし、首や肩も軽くなった。帰ったらさっそく練習しよう。

木曜日。

稽古に来てくれた源太郎さんに、僕はまず口止めを頼んだ。

「先週話したこと、圭には言いたくないんです。もう気持ちの整理もついたし、べつに圭が知る必要もないことだし。それになんせ、みっともないでしょ？　お願いします」

源太郎さんは了解してくれて、ホッとした。

ちょうど稽古を終わろうとしていたころ、圭が帰ってきた。窓から見える門の外に、一目で圭だとわかる長身の姿があらわれて、あれ、連れがいる。五十嵐《いがらし》くんみたいだ。

「すいません、帰ってきたんで」

そう断りを入れてバイオリンを置き、玄関へ迎えに出た。

ドアがあいて、でっかいスーツケースが入ってきた。荷物のあとから踏み込んで来た圭は、後ろ手にドアを閉めた。

「あ」

五十嵐が、と言いかけて、わざと閉め出したんだと気がついた。そうだね、まずは……

「お帰り」

とキスをした。

「ただいま帰りました」

とキスをもらった。うん、このセレモニーは部外秘だ。

それから圭は光一郎《こういちろう》さんの肖像に帰宅のあいさつをし、僕は、閉め出しを食らった五十嵐くんを入れてやるためにドアをあけに行った。

「やあ、お帰り。面白かったかい？」

突っ立ってた五十嵐くんの顔が赤くて汗びっしょりなのは、足元に小山を作ってる大荷物のせいだろう。スーツケースに使い捨てのキャリーバッグ二つに、チェロケースまである。

「いや〜ァもう、面白すぎてタイヘンっしたァ」

「だろうねェ。まあ上がれよ」

「やっ、土産を届けに来ただけなんで」

圭が（さっさと用を済ませて帰りたまえ）と睨《にら》みでもしたのか、尻込《しりご》みする体で遠慮の手を振ったやつを、

「麦茶ぐらい飲んでけって」

と引っぱり上げてやった。

「吉柳さんが来てるんだ。冷蔵庫はあっちな」

「ヘイヘイ、勝手知ったるコンの家」

なんて言いながらいそいそ台所に向かった五十嵐くんは、ここに下宿してたことがあるんだから慣れたものだ。

ピアノ室に戻ろうとしたら、帰り支度をした源太郎さんが部屋から出てきた。

「今日はもう終わりでいいですよね？」

「ああ、ええ、そうですね」

と苦笑した僕の後ろから、五十嵐くんの声が怒鳴った。

「吉柳さん、ザッハトルテあるっすよ！　ホールでデカくって、賞味期限まであと一時間なんっす！」

「手伝いますよ！」

源太郎さんが返事をして、話は決まった。

お茶用にガスコンロにやかんをかけておいて、寝室に上がった。シャワーを済ませてバスルームから出てきた圭を捕まえた。

「お帰り。お疲れ様」

「ただいま帰りました」

さっきはチュッとしか交わせなかったキスを、思う存分濃厚にやり直し、気が済むまで抱きしめ合って、いまは満足したことにした。圭が腰に巻いてるバスタオルのそこは、むっくりと持ち上がってたけど、お客たちがいる。

「みなさん無事に帰国した？」

「ええ」

「成果はあった感じ？」

「そう思いたいです」

「ふふっ、きっと化けるよ」

「それにしても菓子など明日でもいいのに」

腹立たしげに吐き捨てた圭の、窮状を優先してやりたいのはやまやまだったけど、待たせた分だけ勘ぐられる。二人とも知っているとは言っても、甘え過ぎては見苦しい。

「賞味期限切れの一時間前だってよ？　急いで食べちゃわなくちゃ。きみはコーヒー？　紅茶？　緑茶？」

圭もあきらめをつけてくれた。

「緑茶をお願いします。コーヒーも紅茶も飽きました」

「うん。じゃ裸族くん、文明人に戻って降りてきて」

台所に戻ると、もうお湯が沸いていた。五十嵐くんも日本茶がいいそうだ。源太郎さんはいつもどおり持参の水。僕もお茶だな。

テーブルの上には主役のザッハトルテがどんと置いてある。

「これ、女の人たちからコン・マスへっす」

「こんな大きいの、持って帰ってくるのが大変だったろ」

「だもんで俺が押しつけられたっす。いい性格してるっすよ、お姉さま方ってば」

「まあ、正しいイガちゃんの使い方、だろ」

「けど俺、チェロも持ってんっすよ⁉　コキ使い過ぎたら、イガちゃんだって減るっすよ⁉」

にぎやかに騒いでみせた五十嵐くんがピタッと口を閉じたのは、圭が来たからだ。

「あっはっは、五十嵐おまえ、いやにビビるね。向こうでなんかやらかしたわけ？」

からかってやったら、

「いえっ！　不肖五十嵐健人《たけと》、偉大なるコンへの尊敬の念を百倍深めただけであります！」

なんて敬礼のマネしてしゃっちょこばってみせるんで、また笑った。

お茶を淹《い》れて、ウィーン名物のチョコレートケーキを好き好きに取り分けて、

「ひさしぶりだなァ、いただきます」

と口に運んだ。

「う〜ん、マリア・テレジアのふくよかさが納得できる、この甘さ」

「あ、でもこれは美味《うま》いっす。店によっちゃ、あんま美味くないのもあるっす」

「なんだい、食べ比べしてきたのかい？」

「お姉さま方とのつき合いっす。おかげでデブった」

「あはっ」

笑いかけた瞬間だった。いましがた飲み下した甘すぎるチョコレートケーキが、いきなり喉《のど》を逆流してきて、とっさに立ちあがった。流し台に頭を突っ込んだと同時に、ゲボッと！

「えっ⁉」

「あっ！」

「悠季っ⁉」

三人三様の驚愕《きょうがく》の声に、（だいじょうぶ、セーフ）と手を振ってみせた。

圭が飛びかかるように肩を抱いてきて、大きな手がわたわたと背中を撫《な》でおろした。

「どうしたんですっ、まさか異物でも⁉」

違う違う。

「腐ってたんっすかね！　腐ってたんっすかね⁉」

五十嵐くんがおろおろ声でわめく。

「そんなはずないです、味はまともでした」

源太郎さんは冷静だ。

第二波は来ないのを確かめて、蛇口をひねって口を漱《ゆす》ぎ、

「ごめんなさい」

と面々に向き直った。

「ケーキのせいじゃない。夏バテしたみたいで、ちょっと胃のぐあいがね。一切れぐらいだいじょうぶだと思ったんだけど」

申しわけないと笑ってみせた。

「休んだほうがいいです、二階に行きましょう」

圭が断固とした調子で言い、僕はおとなしく従った。

「五十嵐、ごめんね。せっかくだから食べてってな？　源太郎さんも。すみません」

圭に付き添われて寝室に上がり、ベッドに転がった。

「いつからぐあいが悪いのです？」

「たいしたことないんだけど、びっくりさせたね。ごめん」

「医者には行きましたか？」

「だいじょうぶだって。いまごろ夏バテが出ちゃって、ちょっと胃の調子が悪いだけ」

なんて言っても圭は納得しないだろう。失敗したなァ……救急車を呼ばれるのだけは阻止したいけど……

「帰ってきた早々、心配かけてごめんね。ザッハトルテはやっぱり甘過ぎるよ」

せめてもの抵抗にほほえんでみせた。意外なことに、圭はほほえみ返してきた。

「僕もそう思いますが、ノックアウトされた実例は初めてです。顔色が戻るまで、しばらく休みなさい。僕はあちらを片づけてきます」

思ったほど騒がずに圭は出て行き、僕はホッとした気分で目をつぶった。家の中に圭がいる安心感が、ちょっと泣きたくなったぐらい心地よかった。そして僕は、そのまま眠ってしまったらしい。

……かんかんに怒ってた。これ以上に怒ったことはないってほどに、憤怒《ふんぬ》と闘争心が燃え上がっていた。

バカ言ってんじゃない！

そんなもん誰が認めるか！

ふざけるな！

僕は必死で闘ってた。守らなきゃならないものを、守り抜くために。

僕の武器はバイオリンの弓で、これはこんな使い方をするものじゃないと思いながらも、ほかには何もなくて。とにかく相手を退けようと刀のように振り回す。叩《たた》きつけてやって追い払いたいのだけれど、空を打つばかりで当たらない。でも勝たなきゃ。守らなきゃ。くっそー！

……誰かが僕を撫でてる。

ああ、ばあちゃんか。縁側で背中を丸めて、猫を撫でてやっている。

なあにさァそんげに腹立てとらしただが、んん？……

チエねえがバイオリン触った！

ばあちゃんの膝《ひざ》に頭を載っけた幼い僕が訴える。

……ああ夢か、と悟った。夢を見てるんだ。

やわりやわりと肌を撫でさすられる感触に、眠りの底から呼び起こされたらしい。乳首をつまみ愛される快感がゾクンと来て、目が覚めた。

暗い部屋の天井を、ピローランプが作る淡い光輪がほのかに照らし、裸で横たわっている僕の隣に寄り添っている、圭の裸身。

頭をまわして見やったら、圭もこちらを見ていて目が合った。

「ん？」

と尋ねたら、

「……うなされていたので」

バリトンがそっと言った。

「え、そう？」

「はい。歯ぎしりのあと、うなりだしました」

「ごめん、うるさかったね」

小っ恥ずかしい照れ気分に顔をしかめた。

「いえ」

圭は寛容な表情でほほえんでみせて、おだやかに続けた。

「悪い夢でも見ましたか？」

聞かれて、いましがた心を占めていた焼けつくような怒りの念を思い出したけど、話したくなかったんでごまかした。

「よく覚えてない。うなってたんなら、田んぼにハマった夢かな」

それだけじゃ足りない気がしてつけくわえた。

「急いでるのに、ぬかるみに足をとられてちっとも走れないんだ。めちゃくちゃ苦しい」

「よく見る夢なのですか？」

眉間《みけん》には心配の陰を浮かべながら、圭はあやすように聞いてくる。甘やかされる心地よさに、僕は話を続ける。

「昔はけっこう見たけど、近ごろは見なくなったかな。空を飛ぶ夢とかも」

「ほう。楽しそうだ」

「いや、悪夢の類《たぐい》なんだよ。逃げててさ、走るより速いっていうんで空を飛び始めるんだけど、その飛び方ってのが平泳ぎなんだ。でもってどんなにがんばっても、道端の電線の下ぐらいの高さまでしか上がれなくって、これじゃ捕まっちゃうってものすごく焦りながら、必死で泳いでるんだ。空中を、平泳ぎでね」

笑っちゃうだろ？　と見やった圭は、まじめな顔の眉間にしわを寄せて言った。

「ふむ、想像がつくリアルさですね」

「やな夢ってそうだよな。シチュエーションは変でも、怖さも焦りもリアルだもんで、起きてからも記憶に残る」

さっきの夢もだ。いまこうして思い返せば、何を守ろうとしてたのか、誰を相手に格闘していたのか、まるで空白に抜け落ちて思い出せないけど、危機感と燃えるファイトだけはいまも生々しい。

けれど読み解くのは簡単だった。僕はまだ貞光のライバル宣言にこだわっているということ。僕だけの宝物である買ってもらったばかりのバイオリンを、チエ姉に勝手にいじられたときの、聖域を侵された激しい憤慨がよみがえったのも、そういうことだ。

圭には言えないけれども。

「僕の悪夢は、シュールな世界に迷い込んでしまった困惑と恐怖というスタイルを取ります」

圭が雑談の口調でしゃべりだした。

「おそらくは一種の迷路のイメージなのでしょうが、理解不能な形象に取り囲まれているという認識だけがあって、脱け出すのに必要な条件を手に入れるため、不可解さをなんとか識閾《しきいき》に捉《とら》えようとひたすらもがいている自分がいる」

「なんか……哲学的な感じがするね。まったくわけのわからないものが、周りにあるわけ？」

「というよりも、周囲を理解できない自分に困惑するのです。この状況を脱け出せない可能性に恐怖する」

「ふ〜ん。心理学的に分析とかしてみたら、きみの心を解剖できちゃうのかな」

「フロイトはすでに過去の存在となっていますが、新たな標柱となる研究も現れてはいないようです。夢というのは、人間の精神活動の深淵《しんえん》から湧き出《い》でているに違いなく、その謎の深さは人間の精神機能の奥深さと同等であろうと思われますから、夢判断の本など買っても無駄です」

「ぶっ、いきなりそう来るかい」

吹き出しちゃったじゃないか。

「さては買ったね？」

「一縷《いちる》の期待に賭《か》けて、数千円ほど失いました」

「ぷふっ、な、何冊買ったわけ？」

「ご想像に任せます」

ああ、きみとの会話は和むなァ……

やさしいきみの愛が僕を包んでくれているのを感じるから、思いきって明かしてしまおうか。呆《あき》れられたって、それが僕なんだし、きみは僕の欠点なんかよく知ってるに違いないから、きっと軽蔑《けいべつ》まではしないでくれるだろう。それとも、もう源太郎さんから聞いてる？

ああ、うん、大いにありそうだ。源太郎さんは、善かれと思えば秘密情報だろうと提供を惜しまない主義だから、きっと圭に話しちゃってるだろう。だったら、いまさらってもんだし、源太郎さんには話して自分には隠してたなんて、ざっくり傷つくよな？　うん、ちゃんと話すけれども、できれば苦笑もポーカーフェイスで隠してくれるとありがたいけど。

ともかく腹を決めた。

圭の胸に鼻をうずめる格好に寝返りを打って、内緒話の体勢を作った。

「事情は源太郎さんから聞いただろうけど」

と切り出したところが、

「やはりあの男、とぼけていたのですね」

と唸《うな》られた。

「え、聞いてない？」

「悩み事があるようだという、言わずもがなのコメントのみです」

あっは、口止めの約束を守ってくれたんだ。

そうと知って、言わないでも済むかもという小心な計算が湧いてきてしまった。

正直に打ち明けるべきか、ごまかしてしまうか、迷いながら話し始めた。

「まあちょっと二つばかり事件があって、精神的な事件って言うべきだね……一時はかなり落ち込んだけど、要は僕が前向きに受け止めればいいんだって腹をくくって、問題は解決した。それだけのことなんだよ。胃の調子も、巴先生によるとストレスのせいだそうで、きみの顔を見たからもう治るんじゃない？　たまには留守も気楽でいいと思ってたけど、体はそうは思ってなかったってことかな」

誘いに聞こえるのは承知のうえで、それを言ったのは、どんな事件だったのかといった追及を恐れたからだ。

聞かないでほしいんだ、圭、やっぱり言いたくない。ほんとにもう片付いたことなんだから、どうか気にしないでほしい。

教え子に嫉妬《しっと》してどろどろだったなんていう、僕って人間の本性を見透かされるような恥部は、できることならきみには知られたくない。問題が表面化してしまう前に、自分自身で解決できたんだから、なかったことにしていいだろ？　きみには累を及ぼさないんだから、代わりに僕にもプライドを守らせてくれ。ちっぽけな見栄なんだけどさ……

そして圭はまんまと僕の作戦に乗ってくれた。

前戯のキスから始めた十二夜ぶりの愛の行為は、体の欲求が満たされる言い知れない快感に僕をいざない浸らせ、その一方で、心にはちょっとばかりの罪悪感を降り積もらせた。

だましてるわけじゃない、裏切りになるような隠し事でもない。ただ、きみとも共有しがたい僕だけの問題だってことなんだ。愛してやまない恋人であるきみにでも、立ち入られたくない領域はあるわけで、わかるだろ？　どうか察してほしい。悪く思わないでほしい。きみを心から愛していることに変わりはないのだから。

ともあれ愛し合う心地よさを堪能《たんのう》して、圭の腕枕を借りて寝直しの眠りに落ちて、また夢を見た。

田んぼの中の道を、息せき切って走っている。なんとか電車に間に合わないとって、必死に急いでいるのに足が重い。田植え用に水を張った泥田の中を行ってる感じで、足元を確かめたいんだけど、そっちに目をやる時間が惜しい。早く、早く、急げ、急げ！　早くしないと！

びくっと脚が蹴《け》った感覚に、目が覚めた。夢を見ていたと知り、圭に気づかれたかと窺《うかが》ったけど、おだやかな寝息が聞こえたんでホッとして目を閉じた。

……電車に乗っている。つごうよく間に合ったんだと、そこに居る自分じゃない自分が考える。でも、この電車でよかったのか？　間違えてはいないか？　これ以上母さんを悲しませるわけには行かないのに。誰かに行き先を確かめようと思うのだが、車両には僕ひとりで不安だけが高まる。どうしよう、どうしよう、どうしたらいいんだろう！

「悠季？　悠季？」

呼び覚まされて、また夢を見ていたと気づいた。暗くて見えないきみの顔を目で探してあやまった。

「ごめん、またうなされてた？」

「……熱はないと思うのですが」

「うん、そんな感じはしない。ごめんね、うるさくって」

「いえ」

腕の中に抱き直してくれた圭の、耳をつけた胸肌から響く鼓動のリズムを聞くともなく聞きながら、朝まで起きていたいと願った。眠りたくない、眠れば夢を見る。

あ、これ……なんだっけ、あ、ハムレットのセリフか。To be, or not to be ……それが問題だ……なんであんな夢を見る？　焦って、迷って、苦しくて……せつなくて。

ベッドを出て、いますぐどこかへ行きたい気分が湧いた。散歩にでも行ってくるか？　川端をガシガシ歩いてみたら、気が晴れそうな感じがする。

でも圭が心配するよな……。一緒に行くとか言われても、それもいやだし。ああ……何時だろう。早く夜が終わればいい。暗いから気が滅入《めい》る。朝になってくれれば、きっと気分も楽になるのに……


圭が帰ってきて、無軌道な粗食生活は、胃にやさしい美食のオンパレードに改まった。朝食は、米の味がなんとも美味《うま》いお粥《かゆ》。昼食はお粥かかけうどんに添えて、豆腐や白身魚を使った小鉢料理が二、三品。夕食はさらに副菜の数が増える。漬物は梅干以外NGで、代わりに圭はなめ味噌《みそ》を見つけてきた。

「きみだって暇じゃないんだし、こんなに手をかけなくっていいよ。お粥なんて毎回米から炊いてるだろ。そこまでしてくれなくても、レトルトのお粥で充分なんだからさ」

あんまりまめまめしいんで、いささか気詰まりになってそう言ったら、圭はどこで見つけたのか、お粥用の自動炊飯器を買ってきた。洗った米と水をセットすると、一人分のお粥が自動で炊き上がる。二分粥から十分粥まで作れるし、重湯っていうメニューもある。

「わざわざこんなの買わなくたって、もうだいぶん調子はいいんだからさ」

僕はそう文句を言ったけど、便利道具を手に入れてご満悦の圭には馬耳東風。いくらしたのか知らないけど、きみの手間隙を倹約できるってことでよしとするか。

木曜の帰国から一日置いた土曜日。桐オケには十時集合で招集がかかっていたので、フジミホールに出かけた。

圭より先に家を出たのは、彼は長引きそうな電話に捕まっていたし、僕は練習前に楽員さんたちと雑談する時間がほしかったからだ。

案の定あれこれあったそうな旅行中のお笑いエピソードは、圭から少し聞いてはいたけど、まずはみなさんの雰囲気が変わっていて驚いた。

ちょうど練習用に椅子を並べる作業が進行中だったんだけど、以前はどことなく漂っていた他人行儀な硬さが影を潜めて、袖《そで》を擦り合うしぐさにも親密な気兼ねのなさが見て取れる。二週間近く行動をともにしていたんだから、そうなって当然といえば当然だろうけど、桐オケもフジミ的な親和の雰囲気でまとまり始めているようだ。すごくいい傾向だと僕は思った。

「おはようございます！」

と声をかけて、バイオリンケースを僕の定席に置くと、作業にくわわりに行った。顔が合った女の人たちに片っ端から「お土産ご馳走《ちそう》様でした」とお礼を言い、現地で観光案内を務めてくれた人たちには「ガイドお疲れ様でした」とねぎらった。

「ご一緒できなくて残念でした〜！」

と言ってくれたのは、クラリネットの北里《きたざと》さん。最初の自己紹介が「ファンですっ！」だった人で、なつっこく話しかけてくれるし、朝のジョギングでよく会ったりもするもんだから、楽員さんの中では彼女とが一番おしゃべりしてるかもしれない。

「ロン・ティボーのガラコンサートをされたオペラハウスも見学してきました。すっごく素敵な劇場でした」

「向こうのオペラハウスはどこも絢爛《けんらん》豪華だったでしょ？」

「はい、すごいですよね。第二次大戦のあと、空襲で瓦礫《がれき》の山になった町を復興するときに、最初にオペラハウスを建てたって話、本で読んだときはフ〜ンって感じでべつにどうとも思わなかったんですけど、要するにその町の文化度を自慢する広告塔的な役割を担ってたのかなァなんて今回考えました。ヨーロッパではオペラが最高峰ですもんね」

「おまけに田舎でも市や町ごとに公営のオペラハウスがあったりするんだよね。市のプライドみたいな感じで」

「底辺の厚さが違うんですよねェ」

「底辺って言うより地層だよね、伝統的に積み重なってきた分厚さで」

五十嵐くんがやって来るのが見えたんで、まだ話したそうな北里さんには失礼して、声をかけた。

「おとといはごめんね」

「あ、いえ、出てきてだいじょうぶっすか」

と心配顔をされてしまった。

「うん、ザッハトルテさえ食べなきゃね」

ひそひそと冗談を耳打ちして、つけくわえた。

「あ、内緒だよ」

「うぃっす」

心得てますって、という彼のうなずきには全幅の信頼を置ける。

「それにしても、みなさんすっかり仲良しだねェ。いい雰囲気じゃない」

すると五十嵐くんは、

「その件でちょっと」

と目配せしてきた。場所を移して話したいらしい。始まりまで、まだ十五分あるな。

「館長室に行こうか」

「うすっ」

デスクで書類仕事をしてた市山《いちやま》館長に断りを言って、応接用のソファで向かい合った。

「親密度が上がったのは確かなんっすけど、遠慮がなくなった分トラブルも起きてるっす」

五十嵐くんはそう報告した。

「それと派閥っぽいもんができちってるんっすよね」

「もしかして芳野《よしの》さんが元凶とか？」

半ばそうだという返事を予測してたんだけど、

「やっ」

と五十嵐くんは首を横に振った。

「あれ、もしかして別人かも」

「え？」

「芳野氏の皮をかぶった別の人間だって考えれば、筋が通るんっすけどね」

「なんだい、それェ」

僕は笑い出し、五十嵐くんは気色ばんで言い募った。

「や、ぜったい変っす。あんな人格者、ぜったい芳野じゃないっす」

それはまたずいぶんな言われようだが、彼には言われても仕方がないだけの前歴がある。しかし、それにしても、

「そんなに『いい人』になってるのかい？　芳野さんは」

「揉《も》め事の仲裁がめちゃ上手いんっす。それも口先で丸め込むとかじゃなくて、ちゃんと両方の言い分を聞いてやったうえで、上手いこと丸く収めるんっす。おかげで生活班長なんてあだ名が奉られてるっす」

「生活班長？」

「中学のとき、なかったっすか？　風紀委員みたいな役回りをする学級係」

「僕の中学じゃァなかったなァ」

「まあとにかく頼りになる相談係みたいな位置につけてるっすよ、芳野班長は」

「ふ〜ん、そんな面倒見がいい人だったとは意外だ」

「っしょ〜？　きっと中身は入れ替わった宇宙人っすよ」

「はははは、そこまで言わなくたって、何かのきっかけで人柄が改善したってことでいいじゃないか」

僕はそうたしなめたが、

「じつはあれ、コン・マス席を狙っての地盤作りかもって気ィするっす。いい人顔で人気取りするぐらいのこと、やりそうじゃないっすか」

ギクッと自分の顔がこわばったのを感じて、急いで反論を探した。

「いやァ、人望なんてそんな簡単に作れるものじゃないだろ。みなさん子どもじゃないんだから、作ったいい人ぶりなんて見抜くだろ」

「だったら、この世に詐欺師なんて生息できないっす」

芳野さんとのあいだで何かあったらしいと気がついたが、

「言い過ぎだ、五十嵐」

僕はそう叱り、五十嵐くんも「はあ」と頭をかいた。

「でも何かあったんなら、鬱憤《うっぷん》晴らしにつき合うよ。おとといはろくに話もできなかったしね。今晩暇かい？」

「あ、いや、遠慮するっす」

五十嵐くんは大慌てで両手を振ってみせた。

「わざわざ時間割いてもらうようなことは、なんも」

「じゃァ、コン・マスとして事情を知りたい。晩めしおごるから、うちに六時半でどう？」

「九時半でお願いします」

言ったのは、僕の後方上空から降ってきたバリトンだ。

「あ、なんだい、来てたのか」

五十嵐くんがさっき大慌てしたのはそういう意味かと、可笑しがりながら振り返ったら、とってつけたようなポーカーフェイスが言った。

「十時になりますので」

「え？　わおっ、ごめん。五十嵐、行くぞ」

コン・マスなのに修学旅行には不参加だったうえに、練習再開一日目に遅刻までしちゃ、面目も何もあったもんじゃない。先に立って館長室を出ると、客席の最前列左端に決めてる僕の指定席からバイオリンを取って、コン・マス席へと急いだ。

両隣の設楽《したら》さんと芳野さんには、まだあいさつをしていなかったので、

「おはようございます」

と両方に会釈して席に着いて、設楽さんに話しかけた。

「久しぶりのウィーンはどうでした？」

第一バイオリンの第二奏者さんは、おっとりしたお姉さん笑みを浮かべて言った。

「何年ぶりでも変わらないところがあの街の値打ちだけど、友人たちはずいぶん変わってて楽しかったわ。待ち合わせてたカフェに、たまたま芳野さんもいらしたから紹介したら、ちゃんと同僚だって言ったのに交際相手と間違われて。災難でしたよねェ、芳野さん？」

設楽さんが僕越しに言えば、芳野さんも、

「光栄と言いたいとこだけど、妻帯者ですよ、僕はァ」

と僕越しに笑って返して、二人のいかにも親しげな関係を見せつけられた格好になった。

いや、いいんですよ、もちろん。楽員同士の仲がいいのは歓迎です。

「芳野さんはどこが印象に残りましたか？」

そう水を向けたところで、圭が指揮台に現れてタイムアウト。口を閉じてから、芳野さんも留学経験者なのを思い出し、言い方を間違えたなと後悔の臍《ほぞ》をかんだ。今回どこが印象に、って言えばよかった。彼も経験者組なのを忘れてると思われたよな。うっかり言っちゃっただけなんだけど、根に持たれたらいやだなァ。

「おはようございます」

圭のあいさつがピシッと雰囲気を引き締め、おしゃべりの声は止んでいたホールに前向きな緊張感が作り出された。

「まだ時差ボケが抜けない諸君も多いでしょうが、二週間のブランクをさらに二日も追加するのは得策とはいえません。さらに演奏活動が本格稼動すれば、移動・練習・本番という三つ組みのスケジュールを繰り返すのが、諸君の仕事の仕方となります。旅先でも、つねに平常どおりに心技体の調整が行えるよう慣れてください。その意味で、本日諸君らを悩ませている頭の重さや眠気といった症状は、味わい学ぶべき経験です」

「回復方法の研究もですね」

そんな女性の声が飛び、僕は思わず振り返った。指揮者が話している最中に口を挟むなんて、誰だ⁉

「桐ノ院さんの時差ボケ解消法は？」

そう続けた無遠慮発言の発信源は、ビオラの古藤《ことう》女史だった。プロ奏者として二十年選手の大ベテランで、演奏に関する信頼度は文句なく高いが、少々アクの強い性格で周りから煙たがられる傾向がある。しゃべり口調が押し付けがましく強引な感じだもので、ふつうに丸く済むはずのところに角が立ってしまうのだ。

そんな彼女のＴＰＯを無視した雑談調の質問に、圭はいやな顔もせずにすらりと答えた。

「セックスと睡眠、熱いシャワーの三点セットです」

あっけに取られてまじまじと顔を見上げてしまった。

楽員さんたちのクスクス笑いが、僕を嗤《わら》っているように聞こえて耳が熱くなる。

「ちなみに睡眠は、短時間の熟睡がベストです。三十分ないし長くて一時間ですね」

解説を言い添えた圭は、ポーカーフェイスを作っているけど、機嫌は悪くないのが見て取れる。ああ……そうか、きみと楽員さんたちは完全に打ち解けてるってわけだ。まさか僕をネタにしたノロケ話まで披露しちゃいないだろうね？　帰ったら聞き出しておかなきゃ！

「さて、それではベートーベンの《七番》をやりましょう。コン・マス」

呼ばれたのに気づくのが一瞬遅れた。

「守村さん？」

と呼び直されて、あわてて返事をしたら「は、はい」とつっかえてしまった。

圭が澄ました顔で言った。

「音取りをお願いします」

僕は立ち上がり、いつもの手順で演奏前の音合わせを済ませたが、胸の中には孤立感の苦味が残った。

こんな場面でこんなふうに、また味わうハメになるとは思ってもみなかった。昔なじみのマイナス感情の一つである孤立感は、疎外感と裏表で、底意地の悪い小鬼のようにちくちくと心を苛《さいな》んで身の置き所をなくさせ、僕を人好きのしない根暗な人見知り男に引き戻す。

圭と楽員さんたちとは親密で、僕だけ輪の外にいる。

ここ二週間の経緯《いきさつ》を考えれば、そんなのはあたりまえのことで、僕を爪《つま》はじきしようなんて悪意はむろん、悪感情さえもないだろう。ただ僕が、みなさんが共有しているノリについて行けていないだけ。それを仲間外れにされたかのようにひがむのは、被害妄想というものだ。

しかし練習が始まってみると、疎外感はさらに深まった。

ベートーベンの《交響曲　第七番》は圭の得意中の得意曲で、桐オケでも最初に取り組み、みっちり二週間かけて仕上げた。僕の耳には充分ステージに上げられるレベルに思えたけど、圭に言わせれば「小賢《こざか》しい猿真似の、よくできたまがい物」で、桐オケは『鹿鳴館時代《ろくめいかん》』なのだそうな。

そこで、技術的には優秀な楽員さんたちの演奏に、あるべき洋魂を吹き込むべく、クラシック音楽を生んだヨーロッパ文化を実地で味わってもらうのが、今回の修学旅行の目的だった。

そしてみなさんは、それぞれの見聞から相当な収穫を得たようで、成果が演奏に現れているのだろう、いつもどおりのポーカーフェイスの陰で圭は上機嫌だ。楽員さんたちも手ごたえを感じているらしく、圭と彼らはともに成長の喜びを味わい合っている。そのことだけは僕にもわかる。

けれども共感にまでは至れないのだ。僕と彼らは、二週間の共通体験のあるなしをあいだにはさんだ、べつべつの岸辺に立っているから。

休憩時間になると、パート内あるいはパートを超えた仲良し同士のおしゃべりがにぎやかな中、僕は独りぽつんと取り残されて、手持ち無沙汰《ぶさた》のごまかしにバイオリンの手入れをしてみたりして……。

溝を感じているのは僕だけであり、ふつうにおしゃべりに混じりに行けばいいのだとわかっている。ウィーンもパリも知っているし、ローマにはそこそこくわしいんだから、話題なんていくらでも作れるとわかっている。けど、わかっていてやれないのが、根暗男の根の暗さってやつなのだ。

「そう！　そうなのよ、ほんっとそう！」

甲高いはしゃぎ声は、うちのパートの森花《もりか》蓮《れん》さんだ。

「映画とか絵とかで知ってるつもりでいたんですよね～。でもシェーンブルン宮殿の大広間に立ってみて、アアここで舞踏会とかやったんだ、あのへんで宮廷楽師たちが演奏してて、とか思って眺めてみると、ほんとにもうありあり想像がつくんですよ！　知ってるつもりでイメージしてた世界なんて、おおざっぱで底が浅くって、恥ずかしくてお見せできません、って感じ」

パートの面々が集まって話しているらしく、設楽さんや仙崎《せんざき》くんの相槌《あいづち》の声が交じる。

「俺の一番は、ベートーベンの『遺書の家』のあと行った、ウィーンの森でのコンのホルンだね」

最年長でベテランの千葉《ちば》さんがしゃべり手に参加した。

「俺もさ、森の中で狩人《かりゅうど》が吹く角笛の響きなんて、それこそイメージはあったわけだ。けど実際に見てみたら、森そのものの規模が違ってた。俺が思い浮かべてたのは日本の、鬱蒼《うっそう》と茂ってイノシシとかが隠れてる、森ってより山林のイメージだったんだよなァ」

「それじゃァ王侯貴族が優雅に馬を走らせるキツネ狩りなんて無理じゃないですか」

仙崎くんがフフンと鼻を鳴らすような調子で突っ込みを入れた。

「だよなァ」

と千葉さんは頭でも掻《か》いているようなトーン。

「それこそ絵とかじゃ見てたのにさ、あの森の雰囲気は想像できてなかった。百聞は一見にしかずだってのをしみじみ実感したね」

ちょうどそこで練習再開の声がかかり、僕はありがたくコン・マス業務に戻った。

楽員たちを束ねる立場であるコンサート・マスターには、さまざまな役割がある。指揮者を補佐する女房役をやる場合もあれば、折り合いのよくない指揮者と楽員のあいだに立って緩衝材の役目を務めることもある。コンダクターの絶対君主的な性格を、家父長制家族の厳格な父親にたとえるなら、コンサート・マスターは母親役であり主婦業である。

けれども桐オケにおいては、オーナーで指揮者で総監督である圭が、謹厳なリーダーであると同時に気配りの行き届いた指導力も兼ね備えているので、補佐する僕の立場というのは、母親役から一歩引いた『姑《しゅうとめ》役』といったところに落ち着いた。

練習中、圭は理想の演奏を追求して楽員たちに注文を出し、注意をし、不満な部分はその場その場で改まるよう指導に努めているけど、うまく直らないこともある。そうしたとき、誰が足を引っ張っているのか見極めて、たいていは自覚のあるご当人が、全員の面前で圭の吊《つ》るし上げを食らってしまう前に、「もっと練習してくるように」とハッパかけの勧告をするのは僕の役目だ。あるいは、時間が足りるとか足らないとかの委細無用で、パート全体に練習のやり直しを命じるのも。

そして旅行に出発する前、一曲を三日で仕上げるペースでどんどこ新曲に取り組んだ時期には、僕の仕事も山ほどあったけど、今日は開店休業でいいようだった。

演奏には明らかに精彩がないんだけど、原因は時差ボケかフライト疲れか、もしくは旅行中にはトレーニング時間が取れなかったせいに違いなく、圭も問題視していない。それどころかオケはそんな体たらくでも、圭はむしろご機嫌なんだから、口やかましい姑の出る幕はない。

途中に休憩をはさんだ正味二時間で、圭はその日の練習を終わらせた。

「来週からは、これまでに手掛けた曲のブラッシュアップと仕上げを行い、めどがつきしだいコンチェルトを何曲か取り上げます」

「ピ、ピアノですかっ⁉　い、生島高嶺《いくしまたかね》っ」

前のめりになって叫んだのはファゴットの岩佐《いわさ》さんだ。生島さんの大ファンで、圭と協演した『炎の《皇帝》』の第二弾をぜひ桐オケでと、前々から意気込んでいる。

「まずは守村さんの《シベコン》でしょうよ！」

そう横合いから突っかけたのは、僕のファンだと公言してはばからないクラの北里さん。ところが、岩佐さんをフライングだと叱りつけるような口調だったものだから、場の雰囲気が微妙になった。

ここは僕の出番か。

でも口をひらこうとしたら、設楽さんに先を越された。

「桐ノ院さん、ソリストや曲目の推薦はありですか？」

それはやんわりながら、そうした選択は指揮者の権限だと釘《くぎ》を刺す意図の発言で、北里さんは見た目にもはっきりムッとなった。

圭が答えた。

「決定は僕がしますが、自薦他薦を含めて意見は自由に言っていただいて結構ですよ。プロの楽団である以上、民主主義は採りかねますが、言論まで封殺する独裁者になる必要もない」

「その代わり、意見を聞くかどうかはコンの胸三寸っすよね？」

五十嵐くんが冗談めかした突っ込みを入れ、圭は泰然とうなずいた。

「僕の好きな曲を、僕の好みどおりに演奏するために作ったオケですから、嫌いな曲や気に染まないソリストの推薦は当然無視します」

ドッと笑ったみなさんに合わせて、僕も笑ったけれども、気持ちは釈然としないでいた。

圭が音楽的な理想への挑戦として設立した『桐ノ院圭オーケストラ』が、もう一方の理想である、和気あいあいと音楽を楽しむフジミに似通った人間関係をも実現するなら、圭はまさに最高の音楽仲間を得ることになる。

おたがいの気心を理解し合い、阿吽《あうん》の呼吸で彼のタクトに応《こた》える、桐ノ院ファミリーとでもいった演奏チームが出来上がるなら、それは素敵に喜ばしい。

……問題は、その中に僕はいるのか、ということだ。

（おまえはコン・マスなんだぞ？　なのに、なんでこんなイジケたことを考えてるんだ）

思って、気づいてしまった。

はたして僕は、桐オケのコン・マスとして認められているのか？　首席奏者の肩書にふさわしく、楽員さんたちを率いる役割に励んできたつもりだけれど……自分で言いたくはないが人気はないよな？　尊敬も特にはされていない。どっちかというと敬遠のほうかね。守村悠季なんて人物にはべつに興味もないから、敬してるふりで遠ざかっておく。

なにせ桐ノ院圭大先生が、指揮者権限とオーナー権限の二本立てで、麗々しくコン・マスに据えたお方なのだ。じつは大先生の男のカミさんらしいという噂があるが、表立ってどうこう言うバカはいない。そんな値打ちのあるカミさんなのかと陰では笑い物にしつつ、団内では素知らぬ顔で型どおりにコン・マスとたてまつって……?

いやいやいや、ちょい待ち、待った。あのな、マイナス思考がそこまで突進するのって、病的ってやつじゃないのか? そもそも何の根拠もないじゃないか。今日感じてる疎外感は単純に二週間のブランクのせいで、そのほかは怖気《おじけ》づいた弱気の考え過ぎなんだよ。

それなのに、臆病風《おくびょうかぜ》に吹かれた僕は、コン・マス選挙なんて言葉を思いつく。

はっ、馬鹿らしい! そんなの、圭がうんとは言わないのを見越して提案するんだろ? そうやって、圭に自信をもらおうって計算だろ? いったい、いつまでそうやって圭に寄りかかってる気だよ!

そんなだから、おまえはいつまでもだめなんだ。すぐにウジウジと後ろを向きたがる。それで誰が認めてくれると思うんだ? よしよし可哀相ね、とかいって誰かに頭を撫《な》でてもらえるのを待ってるわけか!? 情けないやつ!!

イジケ男の内心での低レベルなぐるぐるをよそに、圭と楽員さんたちは楽しそうにコンチェルトについての意見をやり取りしていたが、やがて圭が宣言調に声を高めて言った。

「話を戻しますが、コンチェルトの曲目については早々に決定し、来週中にはピースを配付する予定です。いまのところ五曲ないし六曲のレパートリー化を考えていますが、これはバイオリン・コンチェルトに関してです。ほかに、ピアノおよびホルンとのコンチェルトも視野には入れていますが、いずれにしろ来年の話ですので、諸君は当面の課題に集中してください」

事務連絡の調子で話しているバリトンを、いい声だと思いながら聞き流していた。

「守村さん」

不意に呼ばれて、顔を上げた。目が合った圭が、ほんの一瞬きゅっと眉《まゆ》をひそめた気がしたが、見間違いだったようだ。いつものポーカーフェイスで言った。

「急なお願いで恐縮ですが、シベリウスの第一楽章をご披露いただけますか」

「え、いま？」

という聞き返しは変じゃなかったと思うけど、誰かがクスッと笑った。

「よろしければ」

慇懃《いんぎん》にうなずいてみせた圭の態度は、唐突だけどまじめな要請だと告げていたので、

「わかりました」

と受けて立ち上がった。

話の流れからいって、シベリウスとは当然《シベコン》のことだ。

僕が日コンという登竜門をくぐったときの勝負曲は、その後、M響を率いる圭との協演で磨きをかけられ、ロン・ティボー優勝のガラコンサートでも弾いた。すでに十八番《おはこ》の曲なので、弾けと言われればいつでもやれる程度には頭に入っている。シベリウス作曲《バイオリン協奏曲　ニ短調》作品四七。

「一分ください」

と頼んで、チューニングと心の準備に入った。四本の弦の音程を微調整しながら、心の中に白夜の国フィンランドの凍《い》てついた雪景色を呼び出す。

「音取りはよろしいですか？」

設楽さんが言ってくれたけど、独奏なら基音は厳密じゃなくても……いや、親切を無にしちゃいけないかな。

オーボエを見やったら、気づいた二人が二人とも手でバツを作ってみせた。ええ、もう店じまいしてますよね。

「よろしければ」

遠慮がちに声をかけてきたのは設楽さん。これこれと、自分のバイオリンを指し示した意味は……そっか、彼女は絶対音感の持ち主だ。

「桐オケ・ピッチでいただけますか？」

頼んで、ウケ狙いでつけくわえた。

「ええと、443．57あたりで」

ところがクスッと相好を崩すと思った彼女は、キンッと表情を硬くし、

「かしこまりました」

って返事は、喧嘩《けんか》なら買うわよ、とでも言ってるようなとんがった声と目つきとで。

そこでやっと僕は、彼女から喧嘩を売られていたらしいことに気がついた。というか、親切

を装ったいやがらせ？　僕の音程コンプレックスを知っていて、わざと音取りがどうのと持ち出してきたのか？　イジケ虫の勝手な思い込みだと言いたいけど、どうも被害妄想じゃなさそうだ。

そんなことをして彼女に何の利益があるのか知らないが、とにかく僕のやり返し方は一つだけだった。彼女がぐうの音も出ないような《シベコン》を弾いてみせることだ。

設楽さんが鳴らしたAは、僕の記憶にあるピッチより若干低いようだったが、気のせいかもしれず、この際どっちでも関係ない。かまわず受け取って調弦を仕上げた。

「お待たせしました」

と主に告げ、みなさんに会釈して、バイオリンを構えた。そういえばイメージ作りが途中だったと思い出したが、いまさら後の祭りだ。

大きく深呼吸するあいだに取り急ぎ、映像資料を頭の中にひろげた。この際にはたいそうラッキーな、すでに通い慣れている銀世界へと力業でダイブして、弾き始めた。

延べだと何百時間かになるだろう、練習に練習を積み重ねて築き上げた修練という力のありがたさは、くだらない邪魔まで入って心穏やかじゃない突発ステージでも、きちんとまともな音を出させてくれるところだ。

北欧《ほくおう》の極寒に凍りついた雪景色の描写と聴くか、そうした季節を支配する冬の精霊といったロマンチックな存在を想像するか、受け取り方は聴き手の好みでそれぞれだろうが、僕がこの楽章で差し出したいのは、モノトーンの風景も吹きすさぶ風も乱舞する雪もすべてが清冽《せいれつ》な、人為も人智《じんち》も届かない自然の美しさと、それへの崇敬だ。

西洋では長らく、美の基準は人工物にあった。人が手を加えたもの、人が形作ったものだけが美しいという価値観に、自然こそが美しいという自然主義が一石を投じたのは、じつはそう古い話ではない。

僕ら日本人は、古代の昔から自然の美しさをあたりまえに愛《め》でてきた民族だから、西洋文明のそうした事情はいまいちピンとこないけど、ともかく僕らが伝統的に受け継いできた自然観は、この曲では、日本人バイオリニスト守村悠季のオリジナリティという売りになる。

虫の音《ね》、松籟《しょうらい》、波の音、西洋人にはただの雑音でしかないそうなそれらに、音楽的な響きを聴き取ってきた僕らの感性ならではの、核心に迫る翻訳でお届けするシベリウスの世界を、どうか聴いてください。

……の・だ・け・れ・ど、だめじゃないか、ぜんぜん！

降ったばかりのパウダースノーに覆われた綺羅綺羅《きらきら》しい銀世界は、限りなく清浄な雪と氷とが形作る神秘的な美しさに満ちて、人には踏み込めない神々の庭のごとくに広がっている……ってイメージで行くのが僕の《シベコン》なのに、せっかくのきれいな新雪に誰かが足跡をつけちゃったような不快感が交じってくる。何かが清浄を穢《けが》して、世界を台無しにしてる。

冒頭部分のピゥ・フォルテまで来て、嫌気がさした。

バイオリンを下ろして、圭に言った。

「すいません、こんな生臭い風が吹いてちゃ話にならない。申しわけありませんが、オーディションは後日に改めさせてください」

「そんなつもりではありませんでしたが」

圭は、彼にしてはめずらしく口ごもり、

「では本日は終わります」

と締めくくった。

「お疲れ様でした」

圭と楽員さんたちにあいさつと会釈を送って、席に戻った。

礼儀だろうと思って設楽さんにさっきのお礼を言ったら、なにやら萎《しお》れた顔での深々としたお辞儀を返された。しかも彼女はすいと席を立って行ってしまい、つまり……？

「完敗したのはわかっていても、すなおに腹を見せて手を舐《な》める、なんて芸当はできないのが女心ってもんさ」

隣から芳野さんがわかったような顔で言い、僕はしかめっ面で見返してやった。

「そんなわけないでしょう。鼻を明かそうなんて邪念があったもんで、こっちのほうこそ大失敗でチュドンだ。音取りの件では、一本取れちゃったみたいですけどね、あれはあちらさんのオウン・ゴールみたいなもんで」

芳野さんは剃《そ》り跡が青い頬を皮肉っぽくゆがめた。

「いまのうちに白状しとくよ。僕も女史同様に、ソリストの看板を張れる実力の程度ってやつを甘く見積もってた。そっちまで聞こえるような大声じゃ言わないが、情実採用だって噂は初めからだったしな」

「うっ。……まあ、でしょうね。隠してたつもりでも、天知る地知る人が知る……だ」

開き直った僕に、芳野さんはオイオイと手を振った。

「きみには不満でも、僕らは凄《すご》いと思わせられた、って話だよ？」

「そんなお世辞には乗りませんよ」

本気でくさくさしてたんで、つい口調が荒くなった。

「失礼しました。お先に失礼します」

と頭を下げて、おしゃべりを打ち切った。

使った椅子の片づけが始まってたけど、朝は手伝ったんだからパスしていいことにした。

バイオリンをケースにしまって帰り支度をしていたら、圭がやって来た。

「帰りましょうか」

「うん。失敗してごめん」

「打ち合わせなしの不意打ちでしたから、僕のほうが不用意でした」

「何かの作戦だったんだろ？」

「その点では成功でしたが、きみに不本意な思いをさせました」

「芳野さんがいっしょけんめいフォローしてくれたよ。ああそっか、なるほど、ああいうところが『人格者』なんだな。案外コン・マス任せてもいいかもね」

「話し合いましょう」

圭が言い、僕はその声音の沈みぐあいに驚いて長身を振り仰いだ。

悲しそう……というのとも違うし、怒っているわけでもない、何とも言い難《がた》い表情で僕を見下ろしていた男は、ふうっとため息をついて「話し合いましょう」とくり返すと、僕が荷物置き場にしている席の一つ隣にどっかり腰を下ろした。

「え、ここで？」

と聞いた僕の声は、膝《ひざ》に肘《ひじ》をついた両手に顔をうずめて、何やら考え込んでいる圭には聞こえなかったようだ。

練習場にはまだ半分ばかりの楽員さんが残っているけど、圭がかまわないなら、僕もいい。

僕用に空けてある席に腰を下ろして、彼が口をひらくのを待った。

「まずは」

ようやく圭がそう言ったのは、残っていた楽員さんたちも捌《は》け終わったころだった。

「さきほどの演奏に対する自己批判を、僕は高く評価します。いっさいの夾雑物《きょうざつぶつ》を良しとしないストイックな曲作りや、自分に対してぜったいに妥協を許さない態度というのは、きみがつねに貫いてきた矜持《きょうじ》であり、美学でもある。

ただし誤解をしないでいただきたい。あの演奏自体は、きみが思っているような失敗ではなかった。むしろ、守村悠季が奏でる音楽世界の地平を押し広げる、新たな表現の萌芽《ほうが》を感じさせました」

「ま〜たまた」

きみのお世辞上手はよく知ってるよ。

「ええ、きみは認めないでしょうが」

圭はそんなふうにうなずいて、続けた。

「きみが生臭さだと拒否したニュアンスは、生臭いといえば確かにそのとおりでしょうが、ポジティブに表現するなら『人間臭さ』とも言い換えられる要素だと僕は感じた」

「そんなもん」

いらないと言おうとした脳裏をよぎったのは、桐オケのことで相談に伺ったときに福山先生から言われた批評だった。僕の音色は潔癖症の一歩手前だ、っていうあれ……

「でもさっきのは、設楽さんの罠《わな》っぽかった小さな親切にムカッとしたせいとか、イジケ虫と遊んでた気分の名残《なごり》が出ちゃったというか、そういう邪念で音が濁ったって意味なんだから。きみが言う『人間臭さ』はありとしても、表現上のスパイスとか味付けってふうにコントロールできないと」

あ、これって貞光が悩んでた『演奏に本性が漏れ出てしまう怖さ』とおんなじ問題か？

「たしかに、『ありのままの自分』と『表現者として人前に立つときの私』は、不可分でありつつ、内面と外見の分離ないし意図的な整形がおそらくは必須《ひっす》で、なぜならば僕らは露悪趣味には落ちたくないからだ」

圭がむずかしい顔でややこしい独り言を垂れるんで、

「人間の肉体美を最高の美としたギリシア人だって、ふだん素っ裸で町を歩いてたわけじゃないと思うな。どんな美男美女でもね」

という翻訳で突っ込んでやった。

「ええ、まあ、端的に言えばそうしたことだと思いますが、ところで悠季」

「はい？」

「シベリウスはきみのソロでやりますので」

「あは、ありがとう」

「それプラス、ブラームス、ベートーベン、チャイコフスキー、メンデルスゾーンで五曲ですが」

「あ、《メンコン》はパス」

と先手を打った。

「は？」

「いやだ、弾かない」

きっぱり言い放った瞬間、ミントガムの最初の一噛《か》みみたいな素晴らしい爽快感《そうかいかん》を覚えた。ワオ、これって癖になりそうだ。

「何か理由が？」

という問いはカマかけで、でも隠しておきたい気持ちはいつのまにかほころんでいた。

「貞光と同じ土俵には立たない」

僕は言って、つけくわえた。

「やつの《メンコン》にしっかり水をあけてやれたって自信がつくまではね」

圭は笑った。

アッハッハと大きな声で晴れ晴れと。

「よろしい、ではきみが解禁するまで、桐オケでは《メンコン》は封印しましょう」

それからついとあたりを見まわして、ホールに残っているのは僕らだけなのを見て取ると、僕の肩に腕をまわして抱き寄せた。もう一方の手では僕の手を握り、触れ心地を調べるように指先で撫《な》でまわしながら言った。

「僕は欲張りすぎていますか？」

「まあ、コンチェルトを四曲っていうのは」

「いいえ、その件ではなく。きみにはソリストとしての活動と教職があるうえに、コンサート・

マスターまでというのは、荷が重すぎてはいないかと少々心配に」

「あっは、第二コン・マスを立てる相談なら、そんな前振りはいらないって。あ、それとも僕はクビ？」

「まさか！」

と言ってもらえて、これって予定調和だなと思いつつも、やっぱりホッとしてうれしかったので、そう言った。

「僕のわがままがきみの負担になっているなら、考え直さねばと思っただけです」

「そんなことないけど、コン・マスはもう一人必要だよ、実際の話。僕は、設楽さんかなと思ってたんだけど、今日のあれはちょっと引っかかった。意外と野心的な人？」

下剋上《げこくじょう》を仕掛けてくるなら芳野さんだろうと思ってたんで、彼女は完全にダークホース。ただし今日のことが、そういう解釈でいいのかどうか、確信はない。

圭は頭の中のメモを読み上げるような口調で言った。

「排他的な派閥を作るタイプで、面倒見がいい反面で支配的。理性で行動しているつもりで、感情的な対立を扇動しがちです」

「ふ〜ん……人は見かけじゃわかんないねェ」

リーダーシップが取れる人なのは知ってたけど、おとなしやかで控えめな性格だと思ってた。

「女性的な行動原理の持ち主だと理解していれば、コントロールはむずかしくありません」

「きみにはだろ？」

「甘えてみせつつ、つけ上がらせない。立場は尊重するが、公平性により重きを置く。もっとも重要なのは、上下関係の規律を崩さないこと。コツはこの五点です」

「なんでそんなにくわしいんだい」

と横目で見やってやったら、圭曰《いわ》く。

「生徒会役員の半数は女子でしたので」

あっ、な〜るへそ。

「ところで、さっき言ったのは冗談でもないよ」

「とは？」

「芳野さんはどうか、って件さ」

「しかし」

「もう言ったけど、来週はまるまるコン・マス不在での練習になるよ？　試験の監督は逃げられない。その先も週の前半はずっとだ。まじめな話、いまの体制じゃ無理があり過ぎだろ」

「それは重々」

「おまけに僕がソロをやらせてもらう曲では、コン・マスはいないんですか？　って話だよ」

「むろん問題ではありますが」

圭が決断をためらうのは、僕が圭やオケのために、自分の本音を千歩も譲る無理をして、芳野さんをサブに迎えようとしているのではないか、と懸念しているからだろう。

「五十嵐くんは『いい人過ぎて裏があるんじゃ』って怪しがってるけどね、僕は、たぶんだいじょうぶだと思う……っていうか思いたい。人を見る目に自信はないけど、音楽的にリードを執れる人材って考えると、設楽さんか芳野さんが適役だろうと思うんだ。で、設楽さんは問題含みみたいなんで、消去法で芳野さん。でも、ほかにいないから我慢するってのとは違うから。で？　きみの見立てはどうなのさ、本音で言えば？」

圭は言いにくいことを言う踏ん切りをつけるように、フッと鼻から息を吹き出し、慎重な面持ちでうなずいた。

「暫定という留保をつけて、使ってみようと思います」

オッケー、賛成だよ。

「んで、こき使ってもつけ上がらせず、きみを怒らせたら放り出す、と。三原則だな」

「ふふっ、ええ」

それから僕らはそっとあたりを見まわし、二階のテラスにも映写室の小窓にも人影はないのを確かめてから、『話は決まり』のキスをした。場所が場所だから、ほんの触れ合うだけのキスだったけど。

「うふっ、なんでこうなるのさ」

「きみがしたそうでしたので」

「言いがかりだ、きみの気分が伝染したんだ」

「べつにいいですがね、そういうことにしておいても」

「はいはい、わかった、同罪同罪」

さて帰ろうかと立ち上がり、出口に向かって通路を歩き始めたところで、いきなりググゥ～と腹が鳴った。しかもさらにギュルルグ～ッと、圭が聞かなかったふりもできないボリュームで！

「あはっ、ははっ、やだな、なんだよ」

おならを聞かれちゃうのも気恥ずかしいが、腹が鳴る音ってのも以下同文。

だから、圭が笑いたいのをごまかした気取ったほほえみ顔で、

「食事に行きましょう」

と流してくれたのはありがたかった。

「うん、なんかひさしぶりの空腹感。おなかすいた」

「胸のつかえが取れたのでしょう」

「やっぱきみ、聞いてたんだろ、源太郎さんから」

「何のことやら」

「まさか指を折るぞとかって脅したりしてないだろうね」

「それではヤクザです」

「さては脅しはやったね？」

「なんでそうなるんです？」

「勘だ、結婚して足かけ七年の経験からの」

「冤罪《えんざい》です。僕はただ、知っていることがあるなら話してほしいと頼んだだけです」

「源太郎さんのつむじを上から睨《にら》みつけながら、丁重に？」

「悠季〰〰」

閉口しきった情けない声を出した男は、八頭身の長軀《ちょうく》に精悍《せいかん》な美貌《びぼう》を備えた、天才音楽家で愛情深さも人並みじゃない僕の夫。

富士見銀座入口の交差点を渡ろうと立ち止まった圭に、さりげなく肩を寄せ、腕を引いた。

「昼ごはんはいいから、早く帰ろう」

「はい？」

「ごはんより、きみを食べたい」

上目づかいでささやけば、形のいい耳がポッと赤らんだ。

「ですが」

「腹の虫にはコンビニのおにぎりでいいから」

家に帰る道の途中、喫茶店『モーツァルト』の斜め向かいに新しい店がオープンしてる。

「冷たい食事はよくないです」

「じゃ、チョコレートでも買う」

「却下します」

「じゃあァ」

「何か作りますので」

「うん。でも、あとでね」

「Oui, mon ami」

　家の門まで、門から玄関まで、僕らは何食わない顔で肩を並べて歩いた。圭があけてくれた玄関をくぐって、光一郎さんの肖像に帰宅のあいさつをし、圭がドアを閉めて鍵《かぎ》をかけるのを待ちかねて襲った。

「圭、圭っ、圭っ」

　唇を奪い、舌をむさぼり吸い、口腔《こうこう》を蹂躙《じゅうりん》しつくして、やっと一息つけた。

「悠季？　上へ」

「下でいい、来て」

　ピアノ室に引っぱり込んで、膝《ひざ》をつく間ももどかしく圭のコットンパンツのジッパーを引き下げ、愛したくて欲しくてたまらない、すでに臨界サイズの怒張にしゃぶりついた。

「おっ、うあっ、ま、待って、フリーズッ」

「いやだ、もう欲しいっ、いま欲しいんだっ。い、挿入《い》れて、圭っ」

もちろん圭は二度は言わせず、僕の望みをかなえてくれた。ピアノにすがって立った後ろから突き入れられ、プレストに激しく突かれる快感に喘《あえ》ぎ叫び、太くて硬くて熱いのがたまらない僕専用の愛具に、奥の奥まで掻《か》き回されたくて腰を振り立てた。

「あっ！　ああっ！　ああんっ、あっ、あっ、あっ、ああっ！　い、イイ、イイッ、もダメ、イクッ、イッちゃう！　あっあ～～～～～～～っ！　あ、あ、くぅっ」

目もくらむような絶頂感を息を詰めて味わい尽くし、満ち満ちて張り裂けんばかりの狂熱を解放する快感にがくがく震えながら射精した。

でも僕の中にみっちりと嵌《は》まってドクドク脈打ってる圭は、まだ硬い。僕もまだ欲しい。

「立ってらんない。でも抜かないで」

圭はこういうとき、わがままですね、なんてからかったりしない。

「少々難題ですね」

とつぶやきながら、立っている僕を安全に床に横たわらせようと、脇の下から腕を入れて胸を抱く格好で支え込んだところで、ぼそっと言った。

「いま何キロです」

しまったと思っても後悔先に立たず。

「きみに萌《も》え萌えに欲情しちゃう程度の体力はあるんだから、低体重にはなってないさ」

圭が以前、僕の痩《や》せ過ぎを心配して、フォアグラ用のガチョウみたいに食べさせてたのは、

じつは低体重まで行くと性欲が減退または消滅すると、医者の伯父《おじ》さんに脅されたせいだった。

それに引っかけての返事だったんだけど、圭はすなおに丸め込まれてはくれなかった。

「続きは体重測定と昼食を済ませてからです」

断固とした顔で僕に言い渡した圭は、上は着たまんまの下はすっぽんぽんで、腰に手を当てた仁王立ちにも威厳なんてあったもんじゃなかったけどね。

圭お手製の煮込みうどんで昼ごはんを済ませると、僕は約束を履行させるために圭を寝室に拉致《らち》し、けっきょく夕方まで睦《むつ》み合った。

明るい昼下がりにセックスに励むなんてのは、ここしばらくご無沙汰《ぶさた》だったもんで、新鮮さによけい燃えてしまったのかもしれない。おかげで、ちょっとばかりイケナイ遊戯にまで手を出してしまった。

つまり、圭が桐箱入りのケイ2号を持ち出してきて、じつはそれには仕掛けが内蔵されてるのを体で教えられて。しかもさらに、バックをバイブで責められながら、圭にフェラチオされてイクっていう、快感は二乗どころじゃなかった究極のイキ方を味わわされてしまったんだ。

「こ、こんなの、癖になっちゃったらどうするんだよ」

ヨ過ぎた恨みを力の入らない目に込めて、ぶすぶす抗議してやれば、圭はスフィンクスみたいな笑みを浮かべただけで返事をしなかった。こら、そんな謎かけ、わかんないよ。

土曜はフジミの練習日だから、圭は夕食を済ませると出かけて行ったが、鍵を持ち忘れて出たらしい。ベッドでうとうとしていたら玄関の呼び鈴に起こされた。時計を見たら九時半前だから、てっきり圭が帰ってきたんだと思って、裸にガウンだけ引っかけて玄関を開けに行った。

「今夜に限って、鍵を忘れて出かけるなんてさァ。きみのむちゃのせいで膝が笑うってのに」

文句を言い言い戸締まりを解除して、ハイどうぞとドアを開けたところが、立ってたのは！

……五十嵐くんを呼んであったのを、まるっきり忘れてたんだ。

「す、すんませんっ！」

僕を見るなりヒッと硬直しクルッと後ろを向いた五十嵐くんと、あわわっとガウンの襟を掻き合わせてドアの陰に隠れても手遅れだった僕と、どっちの顔のほうがより赤かっただろうか。

「ご、ごめん、あの」

きみが来るのを忘れてたとは言えなくて口ごもった。

「でで、出直しまっす！　しつ、しつ、失礼しましたァ！」

大あわてで逃げ去ろうとした五十嵐くんは、門のところでヌリカベ男に道をふさがれた。二人のあいだでどういった話し合いが持たれたのか、僕は知らない。

ともかく、その晩のオケの内実の聞き取り調査会議はお流れになり、そのまま何となくうやむやになったが、五十嵐くんに後遺症が残った。僕と顔が合うと目を泳がせてこっちを見ないし、耳を赤くして逃げて行ったりする。

あのなァ、恥ずかしかったのは僕のほうなんだぞ!?　おまけにいつまでもそんな顔されたら、こっちもよけい恥ずかしいじゃないか！

どちらにとっても、ほんとに不幸な事故だった。

ちなみにこの日を境に、僕はふつうにごはんが食べられるようになり、自動お粥《かゆ》メーカーはめでたく箱に戻されて戸棚にしまわれた。朝粥は健康にいいとか言ってた圭も、「たまには朝粥もいい」に宗旨替えしたようだ。


さて週が明けていよいよ試験ウィークが始まり、僕の生徒たちはおおよそ僕の予想どおりの成績で実技試験を通過した。

日コンの二次予選に落ちて意気消沈していた江上くんは、コンクール挑戦者の意地とばかりにAに手を届かせたし、井生垣真澄のバカチンは、僕の忠告を聞かずに意地を通してC（－）。小川さんは堅実にAを取り、気分屋で浮き沈みが激しい橋田マリアは夏の恋が祟《たた》ってD（＋）……といったぐあいだ。

実技試験のあとには学科のテストが控えていて、ふだんは閑散としている図書館にも人が多いと思ったら、混み合ってたのはコピー機があるコーナーだったりして。しかしともかく学生たちは、卒業に必要な単位の取得という大目的のために、この時だけは必死で努力する。

学科試験の期間中も、僕ら講師には試験監督の仕事が割り振られて、ほぼ毎日大学に出ていくことになる。入学試験と違って、緊張感はあまりない監督業務なんで、居眠りしたって事務にバレなきゃオッケーの楽なバイトだと、割り当てを歓迎する講師たちも多い。とは、吉山先生から聞いた話だけど。

それすなわち、割り振られたスケジュールを空けたい者は、簡単に代役が見つけられるということで、そんな裏技は知らなかった僕でも、じっさい代わりはすぐ見つかった。

おかげで僕は期間中、一度も大学に行かずに済ませたけど、桐オケのほうも休みのままにした。芳野サブ・コン・マスの試用期間でもあったし、僕自身のやりたい練習や急ぐ勉強が山積みだったし、小川さんの特訓も『日コン本選まであと○○日』と数えてきた残り時間が三週間を切って、連日稽古《けいこ》を見るようになってたからだ。

僕のコンクール歴というのは、学生時代には大学内のコンテストに二回出ただけで、卒業後三年目に日本音楽コンクールにエントリーしたのが、いわば初挑戦だった。

そのときに福山先生のご指導を仰ぎ、コンクールに勝つにはコンクール用の勉強の仕方があるらしいことを学んだけど、僕自身は知識も経験も浅い。

そこで小川さんと江上くんの挑戦については、「日コンに出たがっているんですが、許可してもいいでしょうか」とお伺いを立てることから始めて、課題曲の選択や指導方法を逐一ご相談し、先生に教えていただいたとおりに生徒を指導するというコピー教師作戦を採ってきた。

本選出場を決めた小川さんについては、二週間ごとに代官山《だいかんやま》で進捗《しんちょく》状況を見ていただきながら、週一回だった僕のレッスンを二回に増やし、先週からは彼女の希望と親御さんの意向で隔日レッスンにしてるんだけど……昨日、毎日お願いしたいと申し込まれた。

（回数を増やせば増やしただけ効果が上がる、のか？　彼女の場合は）

とは、最初に浮かんだ素朴な疑問。

僕の場合は、レッスンで言われた課題をこなす練習時間として、最低でも一昼夜はもらえないと無理だ。いま彼女が言ってるような毎日のレッスンなんて、意味も効果もない。

でも彼女は、ぜひともそうさせてほしいと言う。前の先生にはそうしていただいた、とも言って、ああして僕の返事を待っている。

どうしたものか……福山先生のアドバイスが欲しいところだけど、明日《あした》返事するからって言うのも変だろう。僕が先生と細かく打ち合わせしながら教えてることは、たぶん彼女には悟られないほうがいい。それに先生にご相談しても、そんなことはおまえの裁量だと怒られるかな。

そして僕には、彼女の頼みを断りにくい二つの弱みがあった。

一つは、小学生のころから百戦錬磨というぐあいにコンクール歴を重ねてきた彼女に比べると、僕の経験値は少なく方法論も借り物だという点。二つ目は、独りよがりな浅はかさで、彼女を自主性の欠けたコピーロボットと決めつけ、教師にあるまじくひそかに疎んじてきたことへの後ろめたさだ。

それにレッスンの内容を考えてみれば、これから先は、一節ずつ口伝え（ならぬバイオリン伝え）で伝授する方式で最終仕上げをやっていく予定なんだ。ということは、彼女のご希望は正鵠《せいこく》を射ている、か。

僕は小川さんの申し入れを受諾した。また自宅は世田谷《せたがや》の彼女が、往復に費やす時間と体力を惜しもうと、僕のほうから出張レッスンを提案してあげた。

「えっ、先生に来ていただけるんですか⁉」

「だって、ここまで片道一時間半だろ？　往復で三時間も、もったいない。そのぶん弾いてください」

「ありがとうございます！」

午前中は大学でのレッスンや桐オケの練習があるから、午後二時から四時までという約束にした。最寄りの経堂《きょうどう》駅からの地図を描いてもらい、僕の携帯番号を教えた。

「ところで学科試験はまだ残ってるの？」

「いいえ。ほとんどはレポート提出にしていただきましたし」

「あ、そんな手あるんだ」

「コンクールに出るので、ってお願いすると、たいていのことは了解していただけます」

「なるほどね。覚えとこう」

まじめくさってウンウンうなずいてみせると、小川さんはコロコロと可愛らしく爆笑した。

翌日から通い始めた小川さんの家は、圭の実家ほど大きくはなかったが、小川邸と呼んでもよさそうな豪邸だった。もしや執事や住み込み家政婦がいるお宅かと身構えたが、お茶を出してくれたのは小川さんのお母さんで、服装も庶民的だったんで安心した。

圭のお母さんは、家で着ている物にも雰囲気にもいかにも上流夫人らしい風格があって、おたがいの立場は別にしても気楽な相手じゃないんだよなァ。

防音完備の練習室には、小型だがグランドスタイルのピアノがあって、レッスン環境はこの上なしだなと思っていたら、僕の少しあとに伴奏者さんもやって来た。

小川さんが「お姉ちゃま」と呼ぶ会田雅子《あいだまさこ》さんは、「智子ちゃん」が中学生のころから続いている専属ピアニストだそうだ。最初に紹介されたときは、なんかもう世界が違うぞと思ったもんだ。

二時間の予定だったレッスンは、終えてみたら三時間半に延びてたけど、小川さんはけろっとしたもんだった。

「なんていうかさ、僕なら独りでしこしこやる練習を、彼女はコーチに見守られながらやるのが当たり前って感じ？　執事も家政婦さんもいなかったけど、住み込み教師はいたのかも、とか思っちゃったよ」

帰ってから圭にそう感想を話したら、

「通いの条件は死守してください」

と凄《すご》まれた。

「はいはい、ご心配なく。小川家のお雇い教師じゃありませんから」

まったく何を真に受けてるんだか。

しかし福山先生は、もう一枚上手だった。事情をご報告したところが、フフンと鼻を鳴らしておっしゃった。

「入り婿を狙うにはいい手だな」

ブフッと吹きそうになったのを、とっさに抑えたら、呼吸が戸惑いを起こして盛大に噎《む》せ返ってしまった。

「なァに、棒振りのバカ造には黙っておいてやる」

なんて真剣な顔でからかってこられるもんで、こっちはさらに七転八倒だ！

「い、いえ、あの、お、恐れ入りますっ」

咳《せ》き込む合間合間にそう切り返したけど、まァ先生の一本勝ちである。

「そ、それで、入り婿注意報のほかに、な、何か気をつけておく点がありましたら」

「いや、いまのやり方でよかろう。おまえのシベリウスをしっかり仕込んでやれ」

「はい」

「小川智子と、吉山のところの関田美香《みか》は、学生音楽コンクールの東京大会でしのぎを削ってきた仲だ。関田のほうが一学年上だが、入賞歴では小川が一歩前に出とる。吉山は教師にしちゃァ人が好《よ》くて根に持たん男だが、小川が関田に勝ったときには、あいさつの仕方に気をつけるんだな」

さては何事かお耳に入っているなと思いながら、「はい」とお返事した。

「重々気をつけます」

「ところでバッハの件はどうなった？」

「あ、はい、エミリオ先生にお尋ねしたところ、『言いひんやった？』と。あたりまえ過ぎて失念されたという感じのお返事でした」

「ふむ、そうか」

「今度のツアーの帰りに寄らせていただくお約束をしました。何かお言伝《ことづて》があればお預かりできますが」

「特にはないな」

何かほかのことをお考えのようすでおっしゃって、先生はふいと僕に目を向けた。

「今度のツアーでロン・ティボー関連は最後だな？」

「はい」

「その後のスケジュールはどんなぐあいだ」

「ええと一覧にまとめたものはないんですが」

手帳を入れてあるショルダーバッグを引き寄せながら、覚えている限りの申告にかかった。

「来年の三月と五月と十月に二週間ほどずつ呼んでもらっているのは、ご報告したと思いますが」

「フランスだったな」

「はい。あとは国内で、春休みと夏休みの期間中に地方ツアーを組んでもらってます。ほかに単発のリサイタルもちょこちょこと」

「バカ造オケではコン・マス一本か？」

先生、『桐オケ』です、なんて訂正は無駄。わかっていてのバカ呼ばわりなんだから。

「いえ、コンチェルト・ソリストもやらせてもらいます」

先生は（当然だ）という顔をなさった。

「年間の活動数はどれぐらいになるんだ」

「最低でも二十本、いえ三十本ぐらいはやらないと、楽員さんの給料が払えないと思います」

「コンサートを月に三回か。都内が中心か？」

「いえ、地方都市をまわるツアーをおもに考えているようです。首都圏や都内も避けるわけではありませんが」

「まあ競合相手は多いな。しかし地方公演がおもになるとすると、大学のほうとの兼ね合いはどうする」

そのときパッと頭に浮かんだ「辞めたい」という言葉は、口にしてはいけないタブーに思えたので、僕は「何とかします」といったようなことをもぐもぐと答え、先生もそれ以上はおっしゃらなかった。

教授室を辞してから、もしかして言ってもよかったのかな、と考えた。さっきのあれは、講師を続ける気があるのかどうか、僕の考えを聞いてくださろうという打診だった？

……そうかもしれない。僕はいままで、辞めたら先生に申しわけない、というふうにしか思ってこなかったけど、考えてみれば大学講師ってのは垂涎《すいぜん》の就職口だろう。ああ、いや、「だろう」なんて言っちゃ、全国の就職浪人中のバイオリニスト諸氏から「ふざけんな！」と漬物石でも投げつけられるな。近いところでは芳野さんあたりからも飛んでくるかも。

つまるところ僕は、わかってるつもりだった以上の何倍ものご厚情を、棚からぼた餅《もち》みたいな気分でノホホンとポケットに突っこんでたわけだ。それも、どちらかというとありがた迷惑っぽい受け取り方でさ。

ああ……いまさらだけども言いわけが許されるなら、僕は学生時代も卒業後もバイオリン教師という道はまったく選択肢に入れてなかったんで、講師の職を与えてもらうことの値打ちを理解できなかった……なんて言ったら、よけいにぶっ飛ばされそうだけど！　どうして僕って人間は、こうも鈍感で考えなしで、何も見えちゃいないのに知ったかぶりで、自分がどんなにバカか思い知っちゃァすぐ忘れて……成長がないなァ、ほんっと泣きたいぐらい成長がない。

それなのに運はいいんだ。福山先生といい、圭といい、人との出会いや縁をつかむことにかけての運がやたらといい。

コネもツテもなしに越後《えちご》の片田舎から出てきた僕が、福山正夫という名伯楽に拾っていただけたのは、奇跡的な幸運に恵まれたおかげとしか言えないし、圭との出会いだってまるで恋愛小説みたいに劇的だ。

そうして、二人からそれぞれに愛情を注いでもらって、いまの僕がいる。それも愛されるにふさわしい何かをしたわけじゃなく、むしろ先生は手こずらせたし失望させたし、こんな鬼教師に師事しちゃって僕は不幸だとか思ってたし。圭のことも最初は大っ嫌いで、男に好かれたって大迷惑だとしか思わなくて……

ああ、こうして振り返れば、あのとき芳野さんに憎まれた理由がよくわかる。

自分のラッキーさには気づきもしないで、いいとこ取りの順風満帆を当然みたいにほけほけ享受してる若造の、偉そうに『コン・マス』シールを貼りつけたしたり顔は、どんなに憎ったらしかったことだろう。

謝罪して和解をお願いしなきゃいけないのは、僕のほうだ。

ふと目を上げると、いつのまにか駅前まで来ていた。

見上げれば、青い空に白い雲。

「稲刈りはもう済んだかなァ」

帰るつもりはさらさらないくせに、虫よく甘えてみたくなる心境も、郷愁と呼んでいいのだろうか……

「おっと、何時だ？　わおっ、遅刻する！」

僕よりさらに苦労知らずだろう世田谷《せたがや》のお嬢様に、僕なりに苦労して築き上げた《シベコン》のすべてを譲り渡してあげる仕事というのは、もらった恩を次に引き継ぐことで報恩させてもらってるって意味なんだろうなと、ホームへの階段を駆け上がりながら考えた。

だから全力でがんばらないと。まだまだ重箱の隅々まで詰め切ってない。しっかりやろう。


そして、運命の十月十一日、木曜日。午後二時。

第七十回日本音楽コンクール・バイオリン部門《本選》の幕が切って落とされた。

審査会場は、僕がエントリーした時には東京芸術劇場の大ホールだったけど、その後、東京オペラシティのコンサートホールに移り、今年は東京文化会館の大ホールで行なわれる。

昨日行われたオケとの練習に同行したときも、今日の午前中のリハーサルの立ち会いでも、僕は六年前の緊張感がよみがえって胸苦しいほどドキドキしてしまったんだけど、小川さんは落ち着き払ったものだった。当時の僕は圧倒された、広いステージから見る大ホールの客席の眺めも、べつだん気にならないらしい。

昨日も今日も、お母さんと会田さんが付き添って来ていて、リハのあと四人でランチを食べたのだが、三人ともよく食べ、よくしゃべり、まるで屈託がない。子どものころからコンクールに出場し慣れているにしても、こんなに緊張感がなくてだいじょうぶなんだろうかと、逆に心配になったほどだった。

でもそんなのは僕の杞憂《きゆう》で、七名中の五番目に弾いた小川さんは、ミスもなくほぼ完ぺきな出来だった。聴き終えて、ちょっときれいにまとめ過ぎたかなと思ったが、それは僕の反省点であって、彼女に責任はない。

ちなみにシベリウスは、二番手に登場した男性も弾いたけど、ところどころハッとするような いい音を出す反面、全体的には生硬い荒削りさが耳について、小川さんの敵ではなかった。

また、小川さんより一つ前の四番目に弾いた関田さんの《ベトコン》は、力んでしまって実力が発揮できなかったように思う。よく勉強しているのはすごくわかるだけに、残念の一語に尽きる演奏だった。

僕は、たまたまエントランスで顔が合った吉山先生、福山先生と一緒に、玄人《くろうと》好みの二階席から観戦した。それぞれの生徒の健闘を手に汗握って見守り、審査待ちの休憩時間には落ち着かないコーヒーブレイクをともにした。

ほんとは小川さんたちと合流しに行くつもりだったんだけど、吉山先生のほうはその気はないようで、僕だけ「失礼します」とは言い出し損ねたんだ。

「自分が出るより気が揉《も》めるもんだろう」

立ち飲みのテーブルに片肘《かたひじ》をあずけた先生が、初心者の僕をからかえば、

「緊張してないふりも、まだまだ先生には及ばないなあ」

と吉山先生が混ぜっ返す。

「今年も留学組に上位をさらわれそうだな」

先生がドキッとするような下馬評をおっしゃり、吉山先生が苦笑した。

「一流にしたけりゃ留学だ、それも早いほうがいい、近ごろじゃァ高卒で留学させても遅い、ってな話になってきてますが、現実的にはヨーロッパ在住の家庭の子女でもなけりゃァ、まず無理だ。よっぽど恵まれた一握りの特権階級しか、いい演奏家になれないなんて悲観的自虐論は、俺は認めてませんよ。昔っからですけどね」

「酒も入っとらんのに吼《ほ》えるな」

先生はうるさそうに顔をしかめたが、吉山先生はかまわず続けた。

「もちろん本場の空気を吸いながら勉強できりゃァ、それに越したことはないと俺も思いますがね、日本にいちゃ一人前のバイオリン弾きにはなれないって来るなら、日本で教えてる俺らは何だって話ですよ。まあ俺は留学なんてできなかったから言ってんですけどね」

これはちょっと僕には耳が痛い話題だ。

「在留組が意地を見せてくれると期待したんだがな」

思わず耳がぴくっとなった。それって、先生の採点では入賞はなしってことですか？

「関田は悪い癖が出ましたからねェ」

吉山先生が少々後退気味のおでこをなでながらぼやいた。

「目先の勝ちにこだわるより、おまえが聴かせる音楽にこだわれって、あれだけ口を酸っぱくして言ってやっても、あのざまだ」

「コンクール頼りの育ち方をすれば、誰でもああなる」

「いいかげん自分で気づいて軌道修正できる歳でしょうが」

「気づけばな。価値観というのは、おまえが思うよりずっと根が深いんだ」

「それはそうかもしれませんが」

「好きな男ができて、メダルを並べて自慢するより、セレナーデを甘く奏でて聴かせるほうがハートをつかめると悟りゃァ、宗旨替えはあっという間だ」

「……それもなんだかいやですけどね」

二人のやり取りを横で聞きながら、吉山先生も僕と似たような悩みを持ちながら教えてるんだと知った。化けるのを信じて待つだけだろうという、あの苦言は、先輩が自分自身に言い聞かせ続けていることに違いない。仲間を見つけた心丈夫さを、口にしようとした矢先、

「守村のほうはどうなんだ」

先生から話を振られて、黙っているわけにもいかない。でも言い方に気をつけないと、先輩に気を悪くされるよなァ。

「教えたとおりによく弾けてたと思います。ミスもしなかったし。ただ、少しきれいにまとめ過ぎたかな、と……」

先生のお耳に聴こえていた欠点はそれか？　それとも、ほかにあるのか⁉

「深みがない、とは思ったな」

吉山先生が出してくれたのは、助け舟だったのか、突き棒だったのか。でもとにかくヒントには違いなかった。

「深み、ですか」

それはつまり、彼女に伝授した僕の《シベコン》に深みが足りないということか？　マジか！　だったらこっちこそ勉強のし直しだぞ⁉

「そこは模倣じゃァなかなか届かんところだ」

福山先生がおっしゃって、僕に向かって眉《まゆ》を上げてみせながらお続けになった。

「おまえの仕込み方が下手だった証拠だな」

「あ……はい」

「十九の小娘に、ひねた三十男の人生経験からしか出てこん音まで弾かせてみせるのが、名振付師というやつだ、なあ、吉山」

言われたことを頭の中で咀嚼《そしやく》して、やっとからかわれたのだと気がついた。

「じゃァ僕の勝因は、二十代前半で円熟のシベリウスを披露したからですか」

僕の切り返しに、先生はフンとそっくり返っておっしゃった。

「俺ぐらいの名人になると、振り付けたと見破られるようなヘマはせん。だからおまえは勝てたんだ」

「へへ〜っ、恐れ入りました、悪代官様っ」

吉山先生が平伏する真似をし、僕も笑って見倣った。

そうか、僕の失敗ってわけじゃないんだ、よかった。

「ところで、湊川先生に会いたいんだったな」

「あ、いえ、その件はもう」

「いいのか？」

「はい。ありがとうございます」

「なんだい、来年のための根回しをするんじゃないのかい」

吉山先生の冗談に、ついうっかり、

「いえ、バッハの奏法のことで質問に伺おうかと思ったんですが」

とまじめに答えてしまったら、（ノリの悪い奴）という顔をされてしまった。すいませんね。

定刻に始まった審査発表は、福山先生の読みどおりの結果となった。

小川さんは惜しくも入賞を逃して四位、関田さんは六位。

僕ら教師陣は楽屋口で二人が出てくるのを待ち、福山先生が代表して、彼女たちに付き添ったご家族向けの講評をしてくださった。

「ご承知のとおり、ここ数年の日コンは毎年レベルが上がっていく傾向が続いています。美香さんも智子さんも非常にがんばられて、私たちも大いに期待をしておったのですが、いま一歩及ばない結果となり、まことに残念でした。

しかし、音楽の道は一生精進です。二人とも、これからいくらでも成長できますし、我々も努力を惜しみません。聴く人々の心に熱い感動を手渡せるバイオリニストを目指して、また共にがんばりましょう」

そのあと、それぞれのケアタイムとなったが、僕は小川さんにハグを要求された。

ありていに言えば、

「先生～、だめでした～！」

と抱きつかれて、

「ごめんなさ～い」

と泣き真似をされれば、

「いや、よくがんばったよ、よく弾けてた」

と抱きしめてあげる以外の対応はあり得ないわけで。

「ねえ先生、わたし、どこがダメだったんですか？」

「きみのシベリウスじゃなかったところだろうね」

「って？　わたし、守村先生の《シベコン》が大好きで、だから一所懸命お稽古《けいこ》したのに」

「前から言ってたろ？　亜流じゃ賞は獲《と》れないって。自分で一からコツコツ作り上げるからこそ魂がこもる。次回はぜひ、小川智子さんの魂を刻み込んだ曲で勝負してください」

「でもわたし、先生が好きなんです～」

ハグを解かないまま、ささやくように言われて、こそばゆさに照れ笑った。

「あっは、ありがとう」

と言ってから、演奏の話じゃないと悟った。

うそっ、マジか⁉　い、いや、焦るな、あわてるな、言うことは一つだ！

「でもごめんなさい。僕は結婚してます」

さりげなくさらっと言えたか？　うん、オッケーだ。

ところが、

「先生のお宅には奥さんなんていないじゃない」

うっ、そう来たか。くっそ……何て言えばいい？

「ちゃんといるんですよ、見せびらかさないだけで」

って返事でオッケーか？　ごまかせたか⁉

「うっそ……」

小川さんは僕に抱きついてた腕を離して、よろりと後ずさった。

うっ……バレたか？　いや、ここは知らんふりだ。赤面なんかするなよ！

「智子ちゃん？」

お母さんと会田さんが何事かと近寄ってくる。

「お姉ちゃま〰、ダメだった〰〰」

小川さんはヨヨと泣きつく感じで会田さんに抱きすがり、会田さんも慣れたようすでステージ衣装を着込んだ背中を抱き返した。

「だから、別の日にしたら？　って言ったじゃない」

「今日なら行けると思ったのっ」

「ダブルパンチのこっちのほうは自己責任だわね」

「お姉ちゃま、冷った〜いィ」

「はいはい、ごめんごめん。パフェ？　ケーキ？」

「ケーキバイキングです〜、もちろん」

「だそうです。行きましょうか」

会田さんが言ったのは、お母さんに。

それからじろっと僕を見やってきて、放り出すように「お疲れ様でした〜」と会釈し、福山先生にはお母さんと二人でちゃんとていねいにあいさつをして、さっさと立ち去った。

「おいおい、なんだったんだ？」

愁嘆場を終えて関田さん一家と別れた吉山先生が、興味津々で鼻を突っ込んできた。

「入り婿に狙われたんで断りました」

と明かしたら、福山先生まで大笑いなさって、まァたしかに笑うっきゃない。

「悪慣れし過ぎだな」

福山先生がおっしゃったのが、僕のことかと思ってギクッとなったら、

「あいつらのことだ」

と苦笑いされた。

「そこいらの予選会ならともかく、日コンの本選だぞ。まったく近ごろの学生は宇宙人だな」

「親も込みですよ。こちらさんをローカル大会と呼ぶ連中ですからね。タイトルに『国際』とついてる東コンのほうが格上だと思ってる」

「要はデビューの踏み台になってくれるかどうかがミソだがな」

「そこは登竜門と言いましょうよ、カッコよく」

「おい守村、めしに行くぞ。残念会だ」

「あ、はい」

「渋谷《しぶや》に出よう」

「えー、四谷《よつや》にしましょう」

「帰りが遠くなる」

「俺と守村は四谷のほうが近いんで、二対一で四谷です」

「ばかもん、師弟関係に多数決だの民主主義だのが通用するか」

先生と先輩の師弟漫才を聞かされながら、タクシーに乗り込んだ。

翌週の月曜日、小川さんはまったくいつもどおりにレッスンに出てきて、入賞を逃したことも、告白して振られたことも、すでに流れ去った過去として忘れたかのようだった。

しかし、こっちは忘れた顔で流すってわけにはいかないから（コンクール結果についてだ）、改めて慰めと励ましを言ったんだけど、

「あ、もう切り替えましたから」

けろっとした顔で笑ってみせられてチョン。

僕とは十歳しか違わないけど、いまどきの女の子は僕には理解不能にタフなんだ、と思うことにした。僕の前では落ち込んだ顔も見せたくないのなら、彼女は泣いたりしないのだと、そう受け止めておくしかないじゃないか。

平常運転に戻ったのは正味一週間で、その金曜日の深夜、柚木《ゆずき》マネージャーと源太郎さんとの三人でパリ行きの飛行機に乗った。

フライト中うまく眠れない僕には、暇つぶしが最重要課題で、おしゃべりも小声でなら楽しめる。隣り合った源太郎さんと、コンクール報告やらを交わしているあいだに、他人の真似なんかして何が面白いんだという話になった。

「画家で言うなら模写ってやつで、ルーヴルだとあっちこっちでイーゼル立ててやってますけどね、楽しそうに描いてる人なんて見たことがない」

「勉強のためだから真剣に描いてるんじゃないんですか」

「宿題ですよ、きっと。やってかないと廊下に立たされる」

「ぷっ。まあ絵のことはわかんないですけど、音楽って、こう弾きたいって欲が必ず出ますよね？」

「カラオケなんて自分流に歌いたいがための発明でしょう」

「そういう欲求がない子って、わかりますか」

「いますよ。一から十まで指示待ちのイイ子ってのは、けっこういる」

「そうじゃなくて、なんでそうなのか、僕にはわからないんです。小さいころから、とにかく先生の言うとおりにしか弾いちゃいけない、みたいな教育をされるんですかね」

「言うとおりにしとけば無難だ、って学習はしますよね、子どもってのは。彼らの純真さっていうのは、生存本能が最優位に来てるんで、そう見えるんです。たいてい大人より鋭く読んでるし判断してるし、行動も迷わない。か弱い自分を生き延びさせるための本能的な知恵ですから、シビアですよ」

「ってことはつまり、自分で選んでる？」

「意識的な選択ではないにしろ、僕はそう思いますね。だから宗旨替えさせるのはむずかしい」

「なるほど〜」

「ところで《チャイコン》の件ですけど、最終日の」

「何か注文でも？」

「やっぱり伝わってませんか。パリ大のオケ部が協演をオッケーしてるそうですよ」

「ええ〜っ⁉　僕ぜんぜん聞いてませんよ！　いつ決まったんです⁉」

「僕もくわしいことは知りません。虫の報《しら》せってのか気になったんで、事務局に問い合わせたらそういう返事で」

「練習やリハーサルの日程は聞いてますか？」

「午前中に練習、午後リハーサルで、八時開演だそうです」

「うっわー……学生オケがそれで行けちゃうんだ？」

「腕は期待しないほうがいいです」

源太郎さんはいつも恐ろしいことをひょろんと口にする。

「まあ、フジミで弾くのと似たようなもんだと思っておくと、がっかりしません」

「いまのフジミですかね、昔のフジミ？」

ってのは、源太郎さんは知らないのをわかったうえでのイケズ口。フジミを下手くそって言っていいのは、身内とお客さんだけです。

……そして件《くだん》の学オケは、昔のフジミよりはましだったが、いまのフジミほどではないという、微妙な中途半端さだった。

パリ大の学生オーケストラといえば聞こえがいいけど、ようするに一般学生の趣味のサークルなのである。

指揮者だけはプロを頼んであったので、彼と事前に打ち合わせをさせてもらって（とにかくテンポだけ死守してくれるよう頼んで）下準備を済ませ、練習中もリハーサルでもオケのミスには耳を塞《ふさ》ぎ、あとは開き直りの境地で本番に臨んだ。

大学の立派なホールを満杯に埋めた、学生たちが大方らしいラフ・スタイルの聴衆を見て、事務局の狙いはこれかと思った。若者層にクラシックを聴いてもらう呼び水にするために、下手は承知での学生オケとの協演という仕掛けを敢行したのだ。《チャイコン》はよく知られているメジャーな曲だし。

こうなると、下手な演奏は聴かせられない。オケはお遊びのアマチュアでも、僕はプロだ。オケとのバランスの悪さには目をつぶるぞと腹をくくり直し、ステージに上がった。

リハーサルまでは、オケを置いてけぼりにしないよう気を遣ったんだけど、そうした遠慮は振り捨てた。ただしオケ・パートを空中分解させるわけにはいかないから、テンポには十二分に注意を払い、要所要所では指揮者のグザビエさんとプロ同士のアイサインで交信しつつ、僕の渾身《こんしん》の《バイオリン協奏曲　ニ長調　作品三五》を聴いてもらった。

弾き終えるやドッときた拍手や、若々しい（遊び半分も混じった？）ブラヴォーの声もすごくうれしかったが、後日送られてきた学内新聞の記事にさらに感激した。

『いまにもロープが切れそうな吊《つ》り橋を、恐れ気もなく優雅な足取りで渡り切ってみせるような、黒髪にメガネの東洋版チャイコフスキーの果敢な冒険は、ホールを埋めた聴衆の共感に満ちた喝采《かっさい》で報われた。なにせ聴いている僕らも、オケがいつ落ちるかという、手に汗握るスリルにハラハラしどおしだったので、彼が無事に終止線を踏み越えてくれたときには、自分も命拾いした気持ちで大喜びをしたのだ。

イケメンの若きサムライ、ユウキ・モリムラ氏の演奏は、第二部のスリリング過ぎた三十分間の思い出とともに、いくつもの美しく忘れがたい旋律を僕の耳の奥に残した。ああ、またエンドレスで鳴っている……これは《さくらさくら》のワンフレーズだ』

うん、ありがとう。がんばった甲斐《かい》がありました。

ちなみに演奏終了後、びっくりするほど巨大なバラの花束を抱えてステージ下に駆けつけてくれた女性がいて、花束を受け取ってやっと顔が見えたら、ミュリエラだったんで二度びっくり。彼女はもうパリでは売れっ娘《こ》スターなのに、わざわざ時間を作って来てくれたんだ。ステージに上がってもらって、友人として紹介したら、ものすごい拍手喝采が起きて、彼女の知名度の高さを教えられた。

楽屋で二十分ばかりおしゃべりをしたんだけど、本業のリサイタル活動のほかに、香水のコマーシャル・フィルムに出たり、映画出演の話も進んでるとか。彼女らしい華やかな活躍ぶりに僕からもエールを送った。

翌日の日曜日は、ローマ訪問を追加したおかげで一日オフになっていたので、かねてから誘っていただいていたロン・ティボー・コンクール事務局長さんのご自宅にお邪魔した。パリ市郊外の、向こうで言うなら庶民的な庭付き住宅で、小さいけれど手入れが届いた前庭は秋咲きのバラが満開だった。

事務局のメンバーたちも呼んで、打ち上げのランチ・パーティーをしてくれるとのことだったので、こちらも苦楽を共にした三人で出かけた。日曜なんで、来られる人たちが集まるという話だったんだけど、事務局員は全員来てくれていたし、副賞リサイタルを主催してコンクールを陰で支えているボランティア団体の方も何人かみえていて、立食スタイルのホーム・パーティーは大盛況だった。

「最終ツアーを終えての感想はどうか、ってですよ」

音楽関係の話題が中心なので、通訳を買って出ている源太郎さんが、事務局長さんの質問を取り次いでくれた。

「おかげさまで大変勉強になりましたが、一番うれしいのは、ステージに立つのが楽しくなったことですね。じつは僕、舞台恐怖症だったんです」

バイオリンを始めて間もないころの、学校行事の舞台での恐怖体験を面白おかしく打ち明けてみれば、みなさん大笑いしつつ同情もしてくれて、なんだか一つハードルを越えた気分になった。

「こちらの賞をいただいて自信がついたのと、たくさんの経験を積ませていただいたことで、聴いてくださるお客様と一期一会の時を過ごすのが、掛け値なしの喜びになりました。もちろん緊張はしますけど、それすら楽しいんです。そうした僕になれたことに、心から感謝しています。みなさんのおかげです。Je vous remercie. どうもありがとうございました」

それから、お礼に小曲をいくつか弾かせてもらった。用意してたのは二曲だったんだけど、もっと聴きたいと何人かリクエストを出してくれたんで、サロン・リサイタルっぽくなった。心を込めて楽しく弾いて、パーティーに華を添えられたのがうれしかった。

帰り道、源太郎さんから「パーティーにもすっかり慣れましたね」と言われた。

「そうですねェ……今日みたいに知った人ばかりなら、ちゃんと楽しめるようになりました。これも場慣れさせてもらったおかげだな。源太郎さんとの二人三脚で会話するのにも慣れたし」

「じゃァ今夜、僕の友達連中と飲みませんか？　いっぺん紹介しときたいんですよねェ」

「いいですけど、気の利いたおしゃべりなんてできませんよ？」

「いいんです。僕がユウキ・モリムラと仕事してるってのが、吹かしじゃないのを証明できれば」

「う、疑われてるんですか？」

「ふりですけどね、やつらの。ミーハーなんですよ、有名人に会えるチャンスに目がない」

「あっは。じゃァワインの肴《さかな》になりに行きますよ。サインもいります？」

「背中にでも書いてやってください、油性ペンで」

というわけで、その晩は源太郎さんのピアニスト仲間たちと飲んだ。ミーハーとか言ってたけど、芸術の国生まれの芸術業界で食ってるみなさんなので、エスプリに富んだ音楽論がお手玉みたいに飛び交う飲み会で、言ってることがダイレクトにはわからないのが悔しかった。

フランス語、勉強するかなァ。でも、そんな時間が取れるかなァ……

月曜日、昼過ぎの便でローマに飛んだ。

柚木さんと源太郎さんは朝の便で日本に発《た》ったので、ひさしぶりの一人旅だ。

そういえば一人での旅行って、近年はあんまりやってない。初めてイタリアに渡ったときも圭が一緒だったし、留学中はエミリオ先生のお供をしての旅がほとんど。その後もたいてい誰か道連れがいて、言葉も通じない国の知らない土地へ独りで向かう心細さなんて、いったい何度味わっただろうか。

そのことにちょっと驚いてしまうのは、昔の僕はいつだって独りだったからだ。

大学受験のために上京したとき以来、一人旅も、自分の面倒は自分で見るのも当たり前だった。受験中のホテル探しは母さんが電話でやってくれたが、合格通知を受け取ったあとのホテルの予約や、大学での手続きやアパート探しは、全部自分でやった。仕送りはもらってたけど、気持ちとしては独立独歩の覚悟でいて、夕方になると何を見ても涙が出てくるほどホームシックがつらかった時期も独りで耐えた。

わがままを押し通して選び取った進路だから、誰にも頼るまいと心に決めていて、折々に襲ってくる不安感や挫《ざ》折《せつ》感や絶望感も、自分の胸だけに抱え込んでおくのが当然だった。

あのころに比べたら、いまの僕はなんと恵まれていることか……孤立無援で苦しむことなんて、やりたくたって出来ないほどに、僕の周りには、僕を見守り援《たす》けてくれる人たちがいる。

そのことのありがたさに、僕はちゃんと感謝して来ただろうか？　恵まれた人間関係に甘えて、ひたすら甘ったれた人間になってはいなかったか。自分の弱さと闘って、自分の力で切り抜ける、そうした自立の努力をいつの間にか忘れてはいなかったか？

……もっとも、頑《かたく》なに自立にこだわり過ぎて、つねに自分の狭い視野の中でしか物事を判断せず、手痛い失敗を重ねていたことにも気づかない僕でもあったんだよなァ。

たとえば福山先生との関係だ。何が何でもこの人の教えには抵抗しなきゃいけない、なんて馬鹿な思い込みは、いったいどこから来ていたんだろう。先生が怒鳴る意味なんてこれっぽっちも考えずに……いや、怒鳴られるほどにますます依怙《いこ》地《じ》に自分の殻に閉じこもった。

ほんとになァ……越後の田んぼの泥ががっつり耳に詰まった、頑固で救いようのない馬鹿者でしたよねェ、当時の僕は。

そんなことをつらつら考えながら、話し相手のいないフライト時間を過ごし、ローマに降り立った。エミリオ先生は午後には帰宅するとおっしゃっていたから、夕食にお邪魔するタイミングがいいだろう。奥様がお好きな焼き菓子でも買って行こうか。先生のお好みも知ってはいるけど、甘いものをお土産にしたら奥様にど突かれる。日本から持ってきた大吟醸の小瓶があるし。

時間潰《つぶ》しに、先生の毎朝のジョギングコースに入ってるボルゲーゼ公園を歩きに行くことにした。メトロの駅にコインロッカーがあるから、スーツケースは置いて行ける。

バイオリンケースだけ提げて、広い公園に踏み込んだ。園内に美術館が二つ、博物館も二つ、ほかに乗馬場や動物園もあるここは、緑豊かなローマ市民の憩いの場だ。

平日の昼間なんで、散歩しているのはお年寄りや、子ども連れのお母さんたちばかり。晴れて暖かい日なのに人が少ない。ああ、そっか、月曜だから美術館や博物館は休館だ。

向こう岸から突き出した小島にローマ神殿が立っている、湖畔の道を行きながら、ちょっと弾こうかなと思いついた。今日はまだバイオリンケースをあけてない。

昨日までの、つねに時計を気にしながら過ごしてきた慌ただしさはスイッチ・オフ。夕暮れは空を見ればわかる。腕時計はポケットにしまって、のんびり過ごそう。

なるべく人がいないあたりを選んで、バイオリンを取り出した。チューニングして準備運動のメソッドを弾きながら、愛器『くさなぎ』のコンディションに聞き耳を立てる。

少しくたびれてるかな……今回は正味五日の短いツアーだから、きみ一本でいいと思ったんだけど。弦が弱っただけかな？　先生のお宅に伺う前に、弦を買いに楽器屋に寄ろうか。先生の前で弾くときには、万全でやれなきゃなァ？

さて、《パルティータ二番》だ、行くよ。

涼しいというより小寒いって感じの、乾いたそよ風に響きを乗せれば、バイオリンの音色は青い空の下を遠くへと流れ去って行く。誰かの耳に届いても届かなくても、僕が奏でる音楽は自由に吹き流れて行き、やがて風に溶けて消える。

ああ……いいなァ……バイオリンの音色って、どうしてこんなにきれいなんだろう……

昨夜《ゆうべ》の飲み会で、源太郎さんのフレンチ・フレンズから趣味を聞かれた。バイオリンだと答えたら、日本人はみんな変だと言われた。源太郎さんも、同じ質問にピアノだと答えたらしい。趣味っていうのは、人生を豊かにするための贅沢《ぜいたく》のことだ。おまえの人生にはバイオリンしかないのか？　そんな貧しい生活は俺たちには我慢ならない、と口をそろえて主張された。

それへの源太郎さんの言い返しに笑った。『昔はピアノだったが、いまはそうじゃない』と言い出して、じゃァ何だと聞かれての返事は『結婚生活だ』って。

フランス人たちは大笑いし、いい趣味だ、トレビアンだと源太郎さんを褒めたたえ、僕もその返答は気に入った。こんどから僕もそう答えようと思った。

僕はバイオリン弾きになるために人生を懸けてきて、一生バイオリン弾きでいられるようにこれからも生活の大半をバイオリンに捧《ささ》げ、人生を懸けていく。

でも、僕には圭もいる。圭の存在と、彼との愛、彼との生活は、大切で愛《いと》しくて一生大事にしていきたいものだ。

生き甲斐《がい》という言い方をするなら、どちらも同じだ。バイオリンも、圭も、僕が生きていくには無くてはならないもので、幸福の基で、ただしそれらは車の両輪だ。どちらが欠けても、僕の人生は前進力を失う。

だから等価ではあるのだけれど、それぞれの意味や値打ちは別物だ。それをどう言い表すかというところで、『趣味』という言葉を持って来る発想には、奥深い哲学性を覚えるし、エスプリの利いた的の射貫《いぬ》き方だと思う。

まあ、趣味ってもんを、手軽くとっかえひっかえする遊びってイメージで考える人たちには「ふざけるな」だろうけど、僕はフジミの趣味人たちを知っているから。生業《なりわい》があって趣味もある、それこそ豊かな人生を謳歌《おうか》しているお手本たちを、ずっと見て来たんだからね。

あ……でも、圭はどう思うかな。逆に、圭から「きみとの結婚生活は、僕の趣味です」と言われたら？　……あれ、ありゃりゃりゃ……意外とうれしくない、かも。

あーそっか、だから「奥さんには内緒です」なわけね、源太郎さん。そこに何一つ軽んじる気も貶《おとし》めるつもりもなくっても、不適切になってしまう表現ってあるんだ。言葉って、むずかしいなァ。

「あちゃ」

つい考え事なんかしちゃって真面目に弾いてなかったもんで、《ジグ》の後半を三回弾いちゃうとこだった。

止めた弓を弦から離しついでに、腕ごと持ち上げてウ～ンと伸びをした。

あ、鳥。ハトか？　カラスじゃないな。でもハトより小さそうだ。

「ムクドリかなんかかな」

空を見上げたまままつぶやいた、脚に何かが触って目をやった。デカい黒犬。

「ん？　ロッシ……？」

尻尾《しっぽ》を振った。ってことは、エミリオ先生のジョギング仲間のロッシ？

「ほんとかい、ロッシ？」

内弟子時代には散歩やブラシかけをしてやった犬だけど、犬種が同じだと顔も同じにしか見えないんで、本人かどうかイマイチ確信が持てない。人なつこくブリブリ尻尾を振ってる黒犬くんの首輪の名前をたしかめて、

「あっは、ごめんごめん。ひさしぶりだね」

と頭を撫《な》でてやった。

「おまえ独りで来たんじゃないよな。先生がご一緒かい？」

あたりを見まわして、やって来る人影を見つけた。予想していたぽってり丸いシルエットじゃなく、ひょろりと細い黒髪の……

「やあ」

と弓を振り上げてみせた。

「散歩係に就任か？　ローマ人くん」

なんせ貞光ときたら、古代のローマ服を着込んでの登場だ。どこに行っても彼は彼だな。サンダル履きの足でぽてぽて芝生の斜面を下りてくると、貞光はローマ風なんだろうお辞儀をして言った。

「急に出かけたがるので何事かと思いましたが、まさかセンセの演奏を聴きつけての大騒ぎとは思いませんでした」

「へえ？　そうなの、ロッシ？」

なんちゃって。

「いくら犬の耳でも、それはないだろ。元気そうだけど、脚が寒くないのかい」

トーガを巻いた下のローマ服は、ひざ丈のワンピース。冬はけっこう寒い地域なのに、古代人は股引《ももひき》も穿《は》かずに生脚で通したんだろうか。

「冗談と違いますよ。ほんまに聴きつけて来たんです。センセは犬まで誑《たら》しはる」

「ほんとか〜？　さては僕のほうがブラッシングの腕前が上なんだな、そうだろ、ロッシ？」

右手をあけて顎《あご》の下を掻《か》いてやると、黒犬は気持ちよさそうに目を細めた。

「青空リサイタルはもう仕舞いですか？」

聞かれて、どうしようかなと考えた。

「うん、終わり。リフレインをミスって気が削《そ》がれた」

「あ、それで止めはったんですか」

ってことは、バイオリンの音を聴きつけて来たってのはホントなのか。芸術家通りのアパートからではないにしろ。

「先生はもうお戻りだろ？」

「お昼寝してはります」

「まだちょっと早いな」

空はきれいに青くて、夕焼けの気配もない。

「なんか弾くかい？」

貸すよと『くさなぎ』を示してみせたのは、試す気持ちがそそのかしたらしい。

「弾くより聴きたいです」

という真面目な口調での返事に、ふっと何かが緩んだ。たぶん、敵愾心《てきがいしん》とかそれに類するような貞光へのマイナス感情が。

「僕のバッハを盗む気かい？」

からかい笑みを作って言ってやったら、

「そやかて気になります」

と、貞光らしくない真剣な目つきで返された。

おいおい、さっきから……なんか性格が変わってないかい？　変化球専門だったのに、いやに直球で来るじゃないか。

「何が気になったのかな？」

そう聞いたのは、教師の僕。これはテストだ。

「わからへんので、正体摑《つか》みたいんです。前に拝聴したときと違う、けど何が違うのか」

「いいよ」

答えて、演奏の準備に取りかかった。貞光の解答は満点だ。

弓に松脂《まつやに》を塗り足しながら聞いてみた。

「エミリオ先生の無伴奏は聴いた？」

「はい。《ソナタ》の二番と三番でしたけど」

だったら、種明かしするまでもなく捉《つか》まれちゃうかもしれないけど、隠れ低音のある奏法は特許出願中の新発明ってわけじゃないから、べつにいい。

調弦をやってるあいだに、貞光は少し離れた場所を選んで腰を下ろし、ロッシを呼んで自分の横に座らせた。

はいはい、お客様は二名様ね。

深呼吸して気持ちを整え、弾き始めた。こんどはちゃんと終楽章の《シャコンヌ》まで行く。

聴き手がいるかいないかで、弾き方が変わるもんじゃないけれど（だったら練習なんて成り立たない）、弾き甲斐の違いっていうのは当然あるもので、いい意味での緊張感が生まれる。

もっとも相手は、元生徒の憎たらしいライバルだから、肩に力が入っちゃわないよう頭のすみに（自然体を守れ）って注意札をかけといたんだけど、ロッシも一緒なのが緩和剤になったみたいで、弾き進むうちにそうした身構えは念頭から消えた。

敬愛してやまないバッハのこの名曲に、僕はこういう工夫をつけくわえたんだけど、わかるかな？　つけくわえた、ってのは正しくないな、本来のあるべき姿なんだ、これがね。

まだ隠れ低音の鳴り方が完璧《かんぺき》じゃないのは、練習不足ってことで、「これが模範演奏です」なんておこがましい顔は出来ないんだけど、何がしかのヒントにはなるんじゃないかと期待してる。

あ、いまの……お、お、やれて来たか？　う、外した……なんのっ……いやいや力んじゃったらワヤだろが。

生演奏の記憶はあいまいなんで、エミリオ先生のCDで勉強させていただいた。

僕が予想していたよりも、はっきりくっきり低音部が聴こえるんで驚いた。なんでこれを聴き逃してたんだ、って腹が立ったくらい。

鉛筆画のスケッチに陰影をつけて立体感を出すようなテクニックは、聴いているとごく自然な感じで、理屈さえわかればやれそうなのに、身につけるのはむずかしい。弓使いの微妙な手加減だってことまではわかってるのに、うまくやれないんだ。いっぺんでもコツがつかめれば行けるのであって、かなり近づいてはいると思うんだけど……おっ？　ちっ。ええい、くそっ。ぶきっちょな右手め。

ステージ弾きで聴かせてやるはずが、内心のジタバタのせいで練習弾きにしか聴こえないだろう勉強中の部分を弾き終えて、終楽章に入った。この曲の最高の聴かせどころで、そのぶん難所でもあるのだけれど、自信を持って弾けるというのは、楽だし気持ちがいい。

ああ、《シャコンヌ》よ……なんて深くて美しくて……涙が出そうだ……

弾き終えて、バイオリンを下ろし、聴いてくれた貞光とロッシと、弾かせてもらえた曲とその作者への思いを込めて、深く頭を下げた。

「ブラッヴォー」

という貞光の小声が、何ともかとも悔しそうだったのが、僕の心の中に残っていた最後の澱《おり》を消し溶かした。

「ありがとう。で、わかったかい？」

「いえ。立体感が増したのはわかりましたが、テクは摑《つか》めませんでした」

「隠れ低音のことは聞いてない？」

「なんです？」

「いまバッハは」

「まだ弾かせてもろてません。ヴィターリの《シャコンヌ》が卒業できなくて」

「ああ、そっか、あの曲にもあるかも。いや、ないか、通奏低音付きだもんな」

「隠れ低音……」

地べたにあぐらをかいた格好で、ローマ人は考え込み、ほほえましくて頬がゆるんだ。

「今夜はきみも来るの？」

「とは？」

「ああいや、けっきょく住み込みにさせてもらってるんだ？」

「いえ、アパートを借りておりますけれども、息子さんの代わりの男手が欲しいと、ちょいちょい呼び出されまして。今日は万聖節のお祝いの準備を手伝いに来ておりました」

じゃァ夕食のメンバーに織り込み済みだな。

「先生と一晩バッハの話をさせていただく約束なんだ」

と明かしてやると、

「伺ってません」

と口をとんがらせた。

「混ざる？」

「ぜひ！」

「じゃァ、一緒でもいいか伺ってみるよ」

貞光も一緒だったらいやだな、なんて思ってた子どもじみた独占欲はもうない。先生はにぎやかなほうがお好きだし。麻美奥様の意見も聞いてみたいな。

「お願いしますっ」

「暮れて来たな、そろそろ行こうか」

「センセ、お荷物は？」

「駅のロッカー。取りに行かなきゃ」

「行ってまいりましょうか？」

「あっは、いいよ。じゃ、またあとで」

「お荷物持ちをいたします」

「ロッシのリードはあるのかい？」

公園の中はいいけれど、人の多い公道では引き綱に繋《つな》いでおくのがルールだ。

「持っております」

貞光はうなずき、僕らは肩を並べて駅へと歩き出した。

「あ、忘れないうちに言っとく」

「はい？」

「桐オケの《メンコン》は、もう僕が唾《つば》つけたから」

「はいィ？」

わざとらしく目を瞠《みは》ってみせたやつに宣言した。

「僕の沽券《こけん》に懸けて、きみには奏《や》らせないってことさ。だいたい他人《ひと》の男を相手にアレはないだろ、仮にも元生徒のくせに生意気なんだよ」

「ぶほほほっ！」

貞光は失礼千万に吹き出しやがり、僕に睨《にら》まれてアワアワと顔の前で手を振った。

「そ、そのようなお怒りを買っておりましたとは露知らず」

「ウソつけ」

「ほほっ、はい。お口に出されたのが想定外」

「言いたいことは言わないと、腹が膨れて大事になるからさ」

「どうりでご懐妊のごときおなか？」

覗《のぞ》き込んだって腹なんか出てないぞ。

「エミリオ先生のレッスンはどう？」

と話題を変えた。冗談合戦につき合うのはめんどくさい。

「面白うございます」

貞光はやんわりとうなずいた。

「よく叱られますです」

「へえ？」

「化け狐という名を賜りました」

「うっ。服装のことじゃないよな」

「うちを化かそうとは百年早い、とお叱りを」

「ああ、なるほど」

「なんとか化かしてみとうございます」

「ぷっ。まあ、いいけどね」

貞光のことだから、七色変化《へんげ》みたいに変幻自在な演奏家を目指すってのもアリかもしれない。

「何かにつけて守村センセと比べられている気がいたします」

打ち明け口調で言ってきたんで、

「それはない」

と首を振った。

「あ、でも僕の生徒だったっていうのが影響はしてるかもなァ」

公園の出口まで来たんで、ロッシをリードに繋いだ。

いつしか空は夕焼けに染まっている。


エミリオ先生はいつも僕を、帰省した息子みたいに大歓迎してくださる。どのお弟子さんもみんなそういうふうにお迎えになるんだろうけど、かち合ったことはないから憶測だ。それに先生のニコニコ顔に嘘やお世辞はないから、僕もパパ・エミリオに心からのハグをする。

奥様の心づくしの手料理を腹いっぱい堪能《たんのう》し、それぞれに食後のワインやブランデーを持参して、先生の書斎を兼ねた練習室に移動した。

「さてさて、バッハの話やったね」

お日様みたいな丸顔が赤らんでピカピカになってる先生が、ソファにくつろぎながらおっしゃった。

「はい。例の隠れ低音の答え合わせをお願いしたくて」

先生の前のテーブルに、書き込みをした楽譜を広げた。

「そんなのせんでええよし」

と楽譜を押し戻された。

「ヒントはあげた。あとはユウキのセンスで弾かはればええのや。正解はバッハ先生しか知らはらへんのやし」

ええ〜っ？

「あー……ですか」

僕のチェックで合ってるのか、先生のお墨付きがいただきたかったんだけど……甘えるな、ってことかな。

「隠れ低音て、なんですか？」

貞光がくちばしを入れてきた。

「ええ〜、知りたいのォ？」

先生はいやそうな顔をお作りになった。

「まだサダミツにはもったいないんやけどなあ」

「まま、そうおっしゃいませずぅ」

貞光はへらへらと揉《も》み手してみせ、先生もおからかいになっただけだ。

「《無伴奏》が巧《うま》く聴こえるコツや。これを知らんと素人《しろうと》臭い。使いこなせると、玄人《くろうと》を唸《うな》らせられる」

「昼間、守村センセの《パルティータ二番》を拝聴いたしましたんですが」

「なんやて？　うちより先に聴きはったんかいな！」

「へへーっ、すんまへん、すんまへん！　お許しを〜！」

「許されへんえー、あとでなんか芸さしょ」

「も〜センセのイケズ〜」

なんて師弟漫才に笑ってたら、こっちに飛び火した。

「ほんなら、聴かしてもらいまひょか」

「あ、はい」

「ほ〜ら〜、こないに返事するのが弟子の心得やわ。それをあんさんいうたら、すなおな返事なんかしやはらへん」

　ハハッ、なるほど比べられてるか。

「それはセンセ、キャラクターの違いですぅ。守村センセと違《ちご》ぅて四角四面の堅物やないところが、僕のええとこやないですか」

「自分で言わはるとこがなあ」

　仏頂面を作った先生が、貞光の減らず口を楽しんでいらっしゃるのがわかる。いいコンビみたいで安心しました。

「したく出来はった？　ほな謹聴」

　はい、どうか聴いてください。

　二年弱の内弟子生活から卒業したあと、年に一度ぐらいはその後の進歩を聞かせにおいでと言っていただいて、最初の年はとにかく気合い入りまくりで緊張した。合格点をいただけなければ、師事させていただいたご恩を裏切ることになると、そんなふうに思っていた。

　でも、教師としてのエミリオ先生が身を置いていらっしゃるのは、点数をつけて合否を判定し、褒めたり叱ったり励ましたり、という世界ではなかったんだ。

　先達の立場にいる演奏家として、後続の若輩者たちに助言し、あるいは手を貸す。それが先生のスタンスで、ゆえに先生の目には及第も落第もない。エミリオ・ロスマッティは演奏家の卵や若雛《わかひな》といった未熟な段階にいる弟子は取らないからだ。巣立ちは済ませたが、まだ拙《つたな》い飛び方しか出来ない若鳥を、「ついておいない」と先導し鍛えるのが、エミリオ先生のなさっていること。だから、ついて行けるか脱落するかは自己責任だと割り切っておられる面もある。それが当時の僕にはわからなくて、いつまでもお尻《しり》に卵の殻がくっついてるみたいな態度でいたもんだ。まったく恥ずかしいったらありゃしない。

　第一楽章を弾き終えたところで、ストップがかかった。

「ささて、よく勉強してきてはるから、揉み甲斐《がい》があるねェ」

　そんなことをおっしゃりながら、さっきは手にも取らなかった楽譜を広げて、

「あー……うん、ここね」

　とチェックをつけてある音符を指さした。

「これは、うちはやらへん」

「え〜〜……ですが、こう来てこう行くフレーズの息継ぎポイントになってる音なんで、そうだと思ったんですが」

「理屈上はそうや。読みは当たってはる。けど、うちはやらへん。なんでか、わからん？」

「あー……すいません、ちょっと失礼」

　先生のほうに向けてあった楽譜をこっち向きに置き換えて、件《くだん》のフレーズとその前後をじっくり検討した。

「……くり返しに変化をつけるため、ですか？」

「ブーッ、五十五点。変化やのうて『メリハリをつけるため』やね。バッハかて油断すればお客さんは眠たくなりますのえ。演出効果を充分に計算してやらはらんと意味がおへん」

「なるほど」

「それと、ここな。これは低音やなくて中声部よ」

「うっ？　エーでも……いえ、じつは迷ったんですけど、中声部はこのラインなんで」

「ちごちご、ユウキはコラールとか聴かはらんから知らへんのや。ここはターラーラーていう定形の音運びになってるの。そういうとこがまだまだ弱いなあ」

「はあ」

と頭を掻《か》くっきゃない僕に、先生がたたみかけてきた。

「部屋は空いてるよし、一年ばっかり耳学問しやはりにおったらよろし」

うわちゃ～。

「べべが離しはらんて？」

「無理です、先生。ご勘弁ください」

「い、いえ」

なんか気の利いた返し方はないのか⁉

「べべ……て、Bebe ですか？　桐ノ院さんのあだ名が？」

貞光が半分笑いかけながら首を突っ込んできて、先生は得々とうなずかれた。

「大きいなりして、あかんぼみたいな男やろ？」

ぷっと吹き出した貞光が、

「守村センセがおいでにならないと、パンツのしまい場所もおわかりでない？」

なんてふざけやがるんで、

「家事は一人前だよっ」

と咬《か》みついてやった。

ところが貞光ったら、

「それでしたらば、なにゆえ『べべ』なんでございましょうか？」

なんて、よけいな水を向けてくれやがり、先生も先生で、大喜びでサルデーニャ島でのエピソードをご披露くださっちゃって。うっかり抗弁に入った僕も巻き込まれての、圭を巡る笑い話大会で大盛り上がりに盛り上がり、バッハの研究はすっかりどっかに吹き飛んだ。

「い、いやはや、いやはやまったく、お、お詫《わ》びのセレナーデ……ぷっくっくっく！」

「だからさ、圭は真剣だったんだからっ」

「なお可笑《おか》しい〜〜〜〜！」

「ええ声やったのよ、ほんまに。上手やしたし。けどユウキはカンカンに怒りはって」

「は、恥ずかしかったんですよ！」

「ええ〜？　僕なら感激しますけど〜？」

「そう思うか？　よく考えてモノ言えよ⁉　本っ気でそう言えるってんなら、ミスカに頼んで歌手雇ってきみのアパートに差し向けるから、バラの花でも投げてやれ。もちろん歌手は男だ」

「おほほほほ〜……ご辞退いたします〜」

「だろ⁉　相手がほんまもんの世を忍ぶ恋人じゃなくたって、男が男にアパートの窓の下で歌われるだけで充分恥ずかし過ぎるだろ⁉」

「おまけに楽隊付きや」

「風呂《ふろ》の水ぶっかけたのは正当防衛ですっ！」

「はいや〜、お詫びのセレナーデに、洗面器で水ですか〜」

「いや、バケツで」

「バケツ！」

「そやもんで傷心のべべは旅に出てしまはってねえ」

「ほうほう」

「いや、先生、もうこのくらいで」

「まあまあ、そうおっしゃらず」

「おまえがまず黙れよ！　ってか今日の話は絶対口外するなよ⁉　いまになってみりゃ確かに笑い話だけど、あのころだって圭のやることは変過ぎたけど、でもっ！」

「そこまで真剣に愛されはって、センセはほんま幸せですねえ」

いきなりしみじみ言われると、勢い余った激昂《げきこう》のやり場に困る。

「おかげさまでっ」

と八つ当たりに咬みついてもまだ怒気を消化しきれなくて、

「《チャイコン》と《ブラコン》と《シベコン》も僕のレパだからな」

なんて、子どもの意地悪みたいなことを言ってしまった。あ、《ベトコン》もだった。

「ま」

あいた口がふさがりませんって顔で、貞光は先生と目を見合わせ、

「まだ《ベトコン》があるよし」

先生が真面目くさっておっしゃった。

「べべはベートーベン好きやから、《ベトコン》なら脈があるえ。そやし玄人《くろうと》受けではコンチェルトの最高峰やから、誰かさんの鼻を明かすにも持ってこいやろ。明日《あした》から《ベトコン》勉強しなはれ。うちも手伝《てつど》うてあげるし」

「わあっ、なんで先生が貞光と結託されるんですかァ！」

「そらうちのお弟子さんやもの」

「僕だって先生の弟子ですっ」

「OBより現役が優先よ。ね～？」

「はあ～ぃ」

「ユウキはべべと結託してはるんやから、二対二でちょうど公平やし」

「そんな～ァ」

「センセ、僕、《ブラコン》も行ける思いますわ。僕のほうが先に仕上げたら、勝負かけられるンと違いますか？　守村センセは忙しよって、勝ち目は充分あると思いますぅ」

「そやね、そやそや。そんなら作戦練ろな～」

「は～い」

「もうっ！　僕だって負けませんよ！」

「マサオにはユウキに手ぇ貸さんでて言うとくし」

「えっ、何でですか⁉　圭は棒振りだから実質は一対二じゃないですか！　ずるいですよォ！」

「ところでセンセ、バッハの秘訣《ひけつ》の件でございますが」

「おまえ、ケロッと話題変えんな！　あ、いや、もちろんそっちを話したいです、はい」

「あっはっはっは！　そんならバロック・バイオリンの特徴を十個あげてみよし」

「じゅ、十個ですか。ええと、まず……」

途中からワインやブランデーも参加していて、僕らはグラス片手にバイオリン弾き同士でしか通じない技術論を山ほど交わし、解釈についての議論を戦わせ、ワイワイと夜は更けて……

寒くって目が覚めたら、貞光と二人で床にごろ寝してた。それぞれ毛布を掛けてもらってい
て、先生の姿はなし。やれやれ……こんな夜明かし、学生時代にだってしたことないぞ。
洗面所に行こうと部屋を出たら、キッチンに早起きの奥様がいらして、「昨夜《ゆうべ》はえろうやか
ましゅおしたな」と怒られた。「味占めはったやろから、またおいない」ってのは京女流のイ
ヤミだろうか？　目は笑っておられたと思うんだけど。

富士見町の家に帰宅して、圭に一番にした土産話は、三人での夜なべ談義のことだった。

「面白かったんだよ、ほんとに。またやりたいなァ」

そう結んで、フライト中に考えたことを言ってみた。

「リサイタルも五ヶ所とも楽しかったしね。僕はやっぱり根がバイオリン弾きなんだなァ。教
えるより自分で弾くほうが何万倍も楽しいんだ。生徒より自分にかける時間を優先したい、っ
てのは、わがままだろうかねェ」

圭は、そうは思わないと言った。でも決めるのは僕だ。

それから一か月、僕はじっくりとそのことを考えに考え抜いた。迷い、決心し、でもまた迷
い……何度も何度も堂々巡りをくり返し、呻吟《しんぎん》し尽くして……その朝、心が決まった。

十一月最後の金曜日。

昼の休憩に戻られた福山先生を教授室の前で待ち伏せして、申し上げた。

「講師を辞めさせてください」

と。

「理由は何だ」

「バイオリンを弾くことに集中したいんです」

「そうか」

先生はまるであっさりとおっしゃった。その口元がぴくっと震えたのは、にんまり笑いそうになったのを抑えたように感じたけど、どうだろう。

「よかろう。講師の代わりはいくらもいる。おまえは、おまえにしかできんことを励め」

「ありがとうございます！」

最敬礼に頭を下げて、心の底からの感謝が伝わることを願った。

「いままでありがとうございました。今後ともどうかよろしくお願いします」

「うむ、精進しなさい」

「それでさっそくなんですが、お時間のあるときで結構ですので、ブラームスのコンチェルトを見ていただきたくて」

そのとたん、何やら空気が変わった。

「俺を顎《あご》で使うつもりか」

真顔、というより嵐の前の無表情って感じの冷ややかな顔つきで先生はおっしゃり、僕はう

ろたえた。逆鱗《げきりん》に触れちゃったらしいけど、何がいけなかった⁉

「い、いえ、そ、そんなつもりは」

講師を辞任する件があっさり認めていただけたんで、ホッとして舞い上がったのがご不快だった？　辞めたい理由や、さんざん迷った末の決断だったことを、もっとちゃんと説明するべきだったのか？　いまからでも間に合うか⁉

「あ、あの、つ、つまり僕としましては」

必死の気分でおどおどと言いかけたけど、じろりと睨《にら》みつけられて声は喉《のど》に詰まった。

「ブラームスだと？」
ク、クビか？　まさかに破門とか？　早く何か弁明しないと、と気持ちは焦りまくっているのに、先生のブリザード級の視線に舌は凍りついてしまって、出てくるのは冷や汗ばかりだ。
ああっ、何がいけなかった⁉　甘ったれるな、っておっしゃったわけだよな⁉　ああ～っ、やっぱり僕はダメだ、この先生との距離の取り方がいまだにわからない。どうしよう⁉

先生がフンと鼻を鳴らし、僕は恐怖の落雷を覚悟した。ところがだ。

「《メンコン》が先じゃなくていいのか」

鼻先にフフン笑いをぶら下げて、そうおっしゃった先生は、明らかに僕をからかっておられて。ツーカーの仲のエミリオ先生から全部聞いていらっしゃるに違いないと思いながら、急いでお答えした。

「あ、あちらは以前にも一度やってますので、と、桐ノ院くんと詰めます」

こ、この返事でよかったか⁉　だいじょうぶか⁉

「シベリウスでの経験を活《い》かすことだな」

と先生はうなずかれ、僕はめまいがしそうなほどホッとしたけど、まだ気は抜けなかった。

「あ、あの、それで、だ、大学のほうですが」

「おまえのようなやつは明日から来んでいい、と言いたいが……来週までは働け。学長と話をつけなきゃならんしな。アポを取ったら連絡しろ。おまえの交渉力じゃ、返り討ちに丸め込まれるのがオチだ」

バイオリニストじゃなかったらポキポキ指を鳴らしそうなようすでおっしゃった福山正夫先生は、僕が知っていたよりずっと好戦的なお人柄だったらしい。

僕はそのようにしますと申し上げ、講師に拾っていただいたことへの感謝と、力不足の教師だったお詫《わ》びを申し述べようとしたが、先生が腕時計をごらんになった。時間切れだ。お礼とお詫びの言い直しは、次の機会を待つしかない。せめてもの最々敬礼で部屋を辞した。

《ブラコン》については、自力で詰めよう。それで、どうしてもどうやっても破れない壁にぶち当たったときに、先生に土下座しよう。どうかアドバイスをくださいと懇願する以外に道がなくなるまでは、自分の力でがんばるんだ。今日の教訓はきっとそういうことだ。

……こうして僕は大学の職を離れ、演奏家として生きていくことになった。

その道の行く末なんか、まだ見えるはずもないけれども……おそらくは新たな茨《いばら》の道を掻《か》き分けて行くことになるんだろうけれども……少なくとも初心に返ったすがすがしさには心が躍っていた。

五十嵐くんの四都物語

総勢五十四名の団体さん旅行が、トラブルもなくひたすら順調に行って帰ってこられるとは、俺も思っちゃいなかった。一つには高校時代の修学旅行での班長経験から。二つには大学時代に仲間と旅行したときの経験から。そしてさらに三つには、まだ教訓としては記憶にホットなM響団員としての泊まり付き遠征の経験から。

しかし、想像はたいてい奇なる事実に追いつかない。

いま思えば高校の修学旅行は、気を揉《も》む余地なんてひとっかけらもない、らっくらくなお客様ツアーだった。計画も監督も安全確保も何もかも、先生たちが半年かけてガッツリ準備してくれていた。俺たちは、京都《きょうと》なんかダセー、めしがマジー、ガイドがおばちゃんでサイアクーとか文句てんこ盛りのダベりで遊び、点呼のたんびに先生たちが神経すり減らしてるとも知らずに、集合時間ごとに気楽にもたつき、門限どおり旅館に追い込まれてブー垂れた。

班長には点呼に協力する義務があったが、たった五人の友達連中をさばけない俺じゃないから、怒られないていどに締めつつ要領よく楽しんだもんだった。

大学のときの旅行は、言いだしっぺの俺が幹事をやることになり、電車の切符や旅館の予約を手配する面倒はひととおり経験したが、時間厳守やら安全確保たらは自己責任っていう暗黙の了解があったから、責任感でドキドキひやひやするほどじゃなかった。

M響の演奏旅行では、大人の集団は児童生徒より御しがたし、なのを知った。いい歳をした演奏家連中が、大人げなく聞き分けが悪く、または要領が悪くて足を引っぱり手間をかける。だからといって、事務局の世話係はそうした人らを怒ったり怒鳴ったりはできない。俺は班長でも幹事でもなかったけど、ルーズでわがままな何人かには何度かキレそうに腹が立った。

「センパイって、意外と生まじめなタチなのな」

俺をからかうときにはセンパイ呼びする（フジミでは俺が先輩団員だったのが由来だ）、第四チェロの飯田《いいだ》先輩サマが、同情っぽい顔で言ったことがある。

「や、ンなことないっすよ」

「部屋とか案外きれいにしてんだろ」

「ふつーっすよ、ンなきれい好きとかじゃないっす」

「いいかげんな連中とつき合うコツはな、こっちはこっちで好きにやるこった」

「ンなの、よけいに収拾つかなくなるっしょ」

「横目でにらんで我慢してるより、牧羊犬を買って出ちまったほうがスッキリするぞ、って話だ」

「あ〜〜〜、うう？」

「言やァいいんだよ、集合に遅れるからさっさと行きましょう、ってでもよ」

「ええ〜？　ンなの」

「煙たがられたって、イラつかせられてんのとアイコだと思ゃァ、黙って我慢するよりマシじゃね？」

「けど飯田さんは言わないっすよね」

「そりゃ、俺は気にしねェから」

「ンなのって」

「だし、こうやってセンパイに言ってるだろ？　横でイライラされてると、こっちも落ち着かねェから、さっさと言いたいこと言ってこい、ってさ」

「う……」

それが飯田弘《ひろし》の処世術かと勉強にはなったけど、試用団員から正団員に成り上がったばかりの俺が、先輩たちにンなこと言っていいのか？　って遠慮意識のほうが先に立って、けっきょく実行はしなかった。

さて今日は待ちに待った九月二日、ここは成田《なりた》空港の出発ロビー団体窓口で、現在時刻は午前十時三十二分。われら桐ノ《とうの》院圭《いんけい》オーケストラの初旅行の、集合締切時間を過ぎること二分。

いま俺は、噴火すべきタイミングが来るのを感じていた。

……チッ、チッ、チッ、三分経過。うん、俺の勘じゃ、あいつヤッてる。

俺の脳裏に浮かんでるのは、ホルンの天才モンチッチ片山純《かたやまじゅん》の、真昼のミミズク顔。

チケット渡しの窓口の前で名簿をチェックしている、事務局メンバーに歩み寄った。

「片山純ちゃん、まだ来てないっすよね」

「はい。あと須崎《すざき》さんと橋山《はしやま》さんも」

若いがおばちゃん気質《かたぎ》の田中《たなか》さんが、だいじょうぶかしらねェと眉間《みけん》のしわで言う。

「須崎氏と橋山女史は遅刻魔っすから、そのうち来るっすよ」

問題は片山っちだ。

「片山くん、電話してみるっす」

「あ、そう？　まだ時間は余裕あるけど」

たしかに出国審査にかかる時間と、初渡航のみなさんが両替なんかでもたつくロスタイムを計算して、飛行機の出発時刻の三時間前に集まるスケジュールにしてあるが、もし片山っちがまだ来てない理由が俺の読み通りなら、時間の余裕なんかない。

「無理くそケータイ買わせといて正解だったぜ」

奨学金と運送業のバイトの稼ぎで大学を出て、エキストラ（アルバイト楽員）と運送業のバイトで生活費と奨学金の返済を賄ってたという、芸大《げいだい》出身のエリートとは思えん㊝じるしの片山っちは、風呂《ふろ》なしトイレ共同のアパート暮らしで、テレビとラジカセは拾い物を使ってるが、電話は持っていなかった。

それへやいのやいの言って携帯電話を買わせたのは、俺だ。

「いまどき社会人のくせして、ケータイで連絡がつかねェなんてあり得ねェ！」

そう主張して、やつのペラい財布から虎の子を吐き出させた俺は、限りなく正しかった。なんとなれば、いまこうやって電話できる！

が……あれ、出ねェ……出ねェよ、マジかよ。鳴ってんだろ？　それともまさかのサイレントモード!?　出ろよ、何でもいいから出ろっ、根性見せろってんだ、コラァ！

コール音を二十回数えて、さらに二十一、二十二……ダメか？　……やっ、つながった！

《アイ……片山》

ぼっけぼけの寝ぼけ声に、瞬時で状況を把握した俺は、わざと大声で言ってやった。

「五十嵐《いがらし》っす！　いまどこすか!?」

決まってる、まだ家で寝てたんだ。せんべ布団でグースカと。

《んあァ？　う、何時だ？》

次の瞬間、あっちも事態に気がついた。

ウッワとかウッソとか、パニクった声が電話の向こうで叫び、俺は急いでやつを通話に呼び戻した。

「いますぐ出てくりゃ間に合うっす！　荷物と財布と、パスポート！　パスポートないと」

怒鳴ってた携帯を上からひょいと取り上げられた。斜め上向きに振り返れば、もちろん、われらが電柱コンダクター桐ノ院さん。

「片山くんは、まだ家ですか？」

聞かれて「うぃっす」とうなずいた。

コンは何かピイピイわめいてる携帯をおもむろに耳に当て、雷みたいなバリトンで怒鳴った。

「パスポートと財布を持ち、ただちにタクシーに乗りたまえ。行き先は成田空港の第一ターミナルです。復唱！　よろしい、出かけたまえ」

片山っちのアパートは板橋《いたばし》区の辺鄙《へんぴ》なあたりで、最寄りの駅まで徒歩二十分とか聞いてた。そっからさらに電車を乗り継いで来るんじゃ、たぶん出発時刻に間に合わない。けど、

「板橋からここまで、タクシーでいくらかかるんっすかね」

そばにいた山田《やまだ》事務局長にひそひそ聞いてみたら、

「二～三万じゃないですかね」

と返ってきた。

「うひゃ～」

「しかし十二日間の社費旅行を棒に振るのと比べたら、安い出費でしょう」

「そりゃそっすね」

片山っちが寝坊した理由は、アルバイトだ。桐オケの給料は出たけど、返済金と生活費でカツカツらしくて、旅先での小遣い分は深夜バイトで稼いでいくと言ってた。今日も明け方までバイトを入れてて、そのまんま寝ずに出てくれば遅刻する心配がなくてちょうどいいんだとか

豪語してたが、ちょっと三十分だけ休憩しようとかいう睡魔の誘惑に引っかかったに違いない。飛行機の中で寝ればいいんだから二徹ぐらい平気だ、とか言ってた時点で「やめとけ」って忠告してやるべきだったよなァ。

片山っちが追いついてきたとき、俺たちはもう出国ゲートをくぐって搭乗口に移動してた。みんなして「あと一人」が間に合うかどうか、それぞれ気にしながら待ってたら、宅島《たくしま》社長に付き添われた彼があらわれて、ワッと拍手が湧いた。

「よかったァ！」

「もうっ、心配させないでよ！」

「ほんっと、ハラハラしたわよォ」

「罰金だな、罰金！」

周り中から口々にやられて、「すいません、すいません」と米つきバッタになってたやつの後ろから、宅島社長が笑いながら言った。

「まあまあ、彼ほんとに空手で飛んできたんですから」

「え？」

「荷物なしってこと？」

「パスポートと財布と、ホルンだけ引っつかんできたんだよな」

社長に水を向けられて、なるほど片手にホルンケースは提げてる片山っちは、頭をかきかき言った。

「や、最低限は持ってきました」

「ええ~？　でも荷物それだけなんでしょ？」

「だからこの中に、パンツとシャツと歯ブラシ」

片山っちが言い終える前に、俺らは大爆笑してた。寄ってたかって楽器ケースをあけさせて、詰め物みたいに押し込んである着替えと歯ブラシを見物した。

「いや~俺、これでもうすべて許せるわ」

笑い過ぎの涙を拭《ふ》き拭き、俺は片山っちをハグしてやり、

「五十嵐センパイのおかげですぅ」

と涙ながらに抱きしめられた。

わお、こいつ見かけは細いのに胸板厚いなァ。ってか、カラダ円筒形？　ラッパ吹きの体形って、こういうもんなのかな。

二浪して芸大に入った片山っちは俺と同い年だが、苦労したぶん性格が老けてて、一口で言うと童顔の若年寄ってぐあい？　でもやっぱホルン吹きだけあって、㊮のせいでつき合いは悪いが遊び心はわかるやつだし、見た目より常識人なんだがハメのはずし方も知ってる。

何べんか『ガランドー』のワンコイン・ランチを一緒に食って、気心がわかってきたら面白い男なんで、やつのバイトが休みの日に自炊めしに誘って泊めてやったこともある。

やつはホルンで金管部、俺はチェロの弦部で、オケ・パートとしての交流はないが、補欠含めて五十人しかいない団員のあいだにパート間の壁なんか造りようがない。もちろん俺と片山っちが仲良くたって、べつに誰も気にしない。

やつは金がないから、飲み友達にはべつの連中を誘ってるけど、ともかく俺たちは親しい間柄で、俺がめしをおごってやったのを恩に着て、片山っちは俺をセンパイってあだ名で呼ぶ。

そんなわけでやつの生態も多少はわかってるから、目覚まし電話もかけてやれたわけだ。

しかしとにかく、あこがれのヨーロッパご招待ツアーを、うっかり寝で棒に振らずに済んだことで、片山っちはめっちゃくちゃ俺に感謝しまくってて、もう命の恩人かってぐらい。俺が三べんまわってワンと言えと命令すれば喜んでやりそうな、下にも置かない忠僕ぶりっていうか？

それを見て、めんどくさい藤波《ふじなみ》氏がやきもちを焼いたのが、その後のトラブルの種になった。

ティンパニーの達人・藤波純哉《じゅんや》は、邦立《くにたち》音大の後輩で、新卒の靴底がすり減る前に桐オケに就職した運のいい男だ。

めんどくさいやつってのは、最初は守村《もりむら》コン・マス情報で聞いたんだけど、じっさい団員仲間になってみると、事前情報よりもさらに面倒な男だった。なにしろ、パーカッション部なのにティンパニー以外は絶対叩《たた》かない、ってなぐあいに自分のこだわりを頑として譲らない。

パーカッション部はティンパニーや大太鼓、小太鼓が代表格じゃあるが、ほかにシンバルや銅鑼《どら》、チューブラーベル、トライアングルやカスタネットも、鉄琴・木琴もマラカスなんかもパーカッション部の仕事だ。曲にも楽器にもよるけど、刺身のつまとかパッと一振りするスパイス的な役割が多いんで、一曲の中に一ヶ所しか出てこない場合もあり、兼任できる楽器は兼任して何人かが手分けして演奏するのが通常だ。

もっともティンパニーは出番が多いから、専任で叩いてる曲もあるけど、それ専門って主張して押し通すとなると、変人のレッテルは免れないだろう。

で、藤波氏は、俺が知ってる唯一の『その一人』なんだが、ほかにも思い込みが強すぎて他人とのコミュニケーションがうまく取れないとか、決まった日課に病的にこだわるとかいう欠点があって、俺はコン・マスから直々に面倒見を頼まれた。

「大学のオーケストラ・スタディの合宿で一度会ってるんだけど、本人にその気はないのに問題を起こしちゃうやつなんだ。言ってもわからない人間って誤解されるんだけど、話を通じさせるにはコツがあってね、たとえば話題がポンポン飛んじゃうと混乱しちゃう。まあ要するに、ちょっと呑《の》み込みが悪いんだけど、ていねいに話し合えば宇宙人でも独裁暴君でもないから。

五十嵐は人づき合いが上手だし、相手の立場になって気を遣うこともできるから、藤波くんのこと、それとなく気にかけといてくれないかな。

友達同士の気さくなおしゃべりとかからはハブられるんだよね、彼」

心優しいコン・マスの心配顔にはさからえず、俺は藤波氏のトモダチに立候補し、なるほどパーカス内でもさっさと孤立してた純哉っちに、なんべく話しかけるとか努力した結果、なつかれた。

たいてい練習開始ぎりぎりに駆け込む俺を、見逃すことなく見つけては、練習場の一番奥まった居場所から「おはよう」と手を振ってくる純哉っちの笑顔ってのは、それ恋人に向ける用じゃね？ と突っ込み入れたくなるような全開満開の笑みで、たぶんやつは精神年齢がかなり幼いよなとか、ひそかに思っていたもんだ。

けどまあ、俺より三つ年下だけど背は俺より高くて、白皙《はくせき》の美貌《びぼう》って感じの男前で、専門分野の話となると達人のウンチクそのものの男が、人見知りの王子様みたいに俺だけにぺったりなついてるってのは、悪い気がすることじゃない。俺のほうも、彼が照れくさがるのを知ってて、わざと「純哉っち」って呼び方をしたりして、友情を温めていたんだ。

最初のトラブルは、パリはド・ゴール空港の荷物受取場で勃発《ぼっぱつ》した。預けた荷物がベルトコンベアで運ばれて来る、あそこだ。

俺の荷物は、手回り品を入れたバックパックのほか、スーツケースとケース入りチェロなんだが、ガタンガタン回ってくターンテーブルから、どうやら無事らしいチェロケースを取り降ろしたところで、俺のスーツケースもやって来るのが見えた。

隣に片山っちがいたんで、

「ちょい頼む」

とチェロを預けて、スーツケースを取りに行き、ゴロゴロ引っぱって戻ってきたらば、なぜか片山っちと純哉っちが睨《にら》み合ってるじゃないか。

「なんだ、どした?」

ふだん二人に接点はない。たぶん、しゃべったこともないだろう。純哉っちはいつでもどこでも自分のお城に一人ひきこもりって調子だし、片山っちのほうも練習場ではホルン愛に夢中で、人づき合いは三の次四の次ってぐあい。だから、仲がいいの悪いのって言うほどの関係はできてなかったと思うんだ。

「こいつが五十嵐先輩のチェロに触りました」

純哉っちは片山っちをびしと指さし、鬼の首を獲《と》ったような顔で言った。

「はあ?」

片山っちがヤンキーっぽい語尾の上げ方でやり返した。

「頼まれて預かったんだよ。なあ、センパイ?」

すると純哉っちは指を突き出したまま、くるっと体ごと俺を振り向いて、自動的に俺に向いた指さしの向こうから言った。

「ほんとうでしょうか、五十嵐先輩」

「ああ」

とうなずいた。

「俺が頼んだよ？　これ取りに行くあいだ見ててくれって」

「見ていてくれ、と頼んだのですか？」

怪しい雲行きの行き先が見えた気がしたんで、どう返事したら無難か、とっさに頭を巡らせた。

「預かってくれ、って言ったな、うん」

見るからに勢い込んでいた純哉っちは、それを聞くと、ぷしゅしゅ～と意気消沈した。

「……そうですか。それならいい、失礼したね」

前半は俺に、後半は片山っちに言って、純哉っちは回れ右して立ち去った。

「なんすか、あれ」

片山っちの呆《あき》れ顔には俺も同感だったが、とりあえず集合するほうが先だ。

「荷物を取られた方はこちらに集まってください！　桐オケのみなさん、お集まりくださ～い！」

手でラッパを作って怒鳴ってる山田事務局長のほうへ歩き出した俺は、純哉がターンテーブルの前に立っているのに気づいて、そっちへ寄り道した。

「お～い、荷物は？」

「ありません」

「え、まだ出てこないのか？」

「盗まれたんでしょうか」

「いや、そりゃないと思うぜ」

そこへ宅島社長がやって来たんで、荷物が見当たらないそうだと注進したら、すたすたと連れて行ってくれたのは、取り残しの荷物を降ろす係らしい制服姿の男のところ。

「あ、あった！」

純哉っちが叫んだ、そこまではよかった。

「おまえが盗《と》ったのか！」

と金髪碧眼《へきがん》で巨漢の警備員に詰め寄ったのには、びっくり仰天した。

「違う、違う、落ち着け！」

ターンテーブルを次の便の荷物用にあけるために、取り除《の》けておいてくれていただけだと納得させるのに、かなりの無駄なエネルギーを使わされた。

「もしかしてさ、ご両親から『人を見たら泥棒と思え』とか言われてきたか？」

税関も無事通過して、気持ちに余裕ができたところで聞いてやったら、『スリや置き引きに充分気をつけること』も含めて三十ヶ条ばっかの注意事項を書いた手帳を見せてくれた。

「毎朝これを読んで、忘れないようにしています」

「うん。用心深いのはいいことだ、うん」

もっとも『読む』ってのが、舞台役者の発声練習並みの声を出しての音読だとは、そのときの俺は夢想だにしていなかったんだけれども。ふつー思わないだろ、俺じゃなくても。

さて花の都パリは、今回の修学旅行の最初の見学地であ〜る。

ルーヴル美術館だけでも全部観るには一週間かかるとか言われているみたいだが、俺たちの滞在日数は三泊二日。なんせパリ到着が二日の午後七時だから、ホテルに直行して休憩&宿泊、三日・四日がパリ市内観光で、五日の朝の便でウィーンへ飛ぶ。

で、空港からさっそくホテルに向かったんだが、五十四名様（プラス通訳ガイド一名）一括ご歓迎の、観光客用エコノミーホテルのロビーにて、さっそく一悶着《ひともんちゃく》が持ち上がった。問題になったテーマは部屋割りだ。

ツインルームにゲスト・ベッドを足して、一部屋に三人ずつってことで、まずは男女別の割りふりがあり、各々の三人組の割り方については事前の説明会でクジ引きをやった。原則パートごとに割ろうって案もあったんだが、いつも顔を突き合わせてるメンバーで固まるより、ホテルごとにシャッフルしたほうが親睦《しんぼく》的にも面白いって案のほうに、賛成者が多かったからだ。

で、パリ泊での俺の相部屋は、ホルンの片山っちと第一バイオリンの千葉《ちば》氏ってことになってた。むろん厳正なるクジ引きの結果でだ。でもって部屋割り表は印刷されて、日程表その他のペーパーと一緒に綴《と》じた『旅のしおり』としてめいめいに配ってあった。

ところが藤波の純哉っちがいきなり異議を言い出したんだ。

それぞれの部屋のキイを受け取って、三人ずつで部屋に移動しようとしてたときだった。見物や食事は、オプションの班行動以外は原則自由行動なんで、おなじ部屋の人間と一緒に行動するのが自然じゃある。だからエレベーターを待ってるあいだに、俺は千葉氏と片山っちを相手に、「どこにめしを食いに行こうか」ってしゃべってたんだ。

で、やっとエレベーターの順番が来たんで、乗り込もうとしたらば、

「千葉さん！」

何やらせっぱつまった声で純哉っちが呼び止めた。

「たいへん恐縮ですが、部屋を替わっていただきます」

「は？」

千葉氏は四十代後半のベテランで、人あしらいも温厚な人だ。純哉っちがえらく早口だったんで、なんて言ったのかよく聞き取れなかったんだろう、そう首をかしげた。ところが純哉っちは誤解した。色白な顔をみるみる真っ赤にしたと思うと、怒鳴った。

「いやなんですか⁉　あんた、片山くんの味方をするんですか⁉　僕のほうがふさわしいのに！」

「あー、待った待った、何の話よ、え？」

純哉っちってば、いまにも千葉氏の胸倉をフンづかみそうな形相だったんで、とにかく俺は割り込んで、その場を収めようとそう言った。

「部屋割りの話です」

純哉っちは憤然とした口調で答えて、ハッと千葉氏を見やった。

「もしかして、あんたも先輩が好きですか？」

「だったらなんだい」

という千葉氏の切り返しは、純哉っちをいたく混乱させた。

「そ、そ、そうなると、う、う、う」

そこへ片山っちが突っ込んだ。

「部屋割りは決まってるんだからよ、しおりに書いてあるとおりにしようや」

純哉っちはグッと詰まり、ものすごく努力して自分を抑え込んで、うなずいた。感心したのは、片山っちが、純哉っちが結論を出すまで黙って待ってたことだ。

うなずいたのを見て、片山っちは続けた。

「それでな、俺らと一緒にめし食いに行くなら、来ればいい。自分の部屋に荷物を置いてから、俺らの部屋に来る。オッケー？　財布とパスポートを忘れるなよ。ここまではいいな？」

「わかった」

こんどは即決に近いタイミングで純哉っちは頭を振り、片山っちが言い添えた。

「食事するときに、誰が五十嵐センパイの隣に座るかは、ジャンケンだな。オッケー？」

「僕はジャンケンが下手だ」

純哉っちがボソッと告白した。

「ああ、俺の弟も下手だ。タイミングがつかめなくて後出しになるんだろ？　だいじょうぶだ、練習してから本番をやる。だから安心しろ」

「わかった」

こくんとうなずいて、純哉っちは晴れ晴れとした顔を片山っちに向けた。

「ありがとうございます。あなたはいい人だ」

「話がついたなら、行こうかね」

千葉氏がエレベーターの呼びボタンを押した。ロビーに残ってるのは俺らだけになってた。

部屋に入ってドアをロックしたところで、千葉氏が「なあ、なあ」と俺たちを呼び寄せた。

「藤波くん、ちょいと独特だな」

俺が片山っちを見たら、むこうもこっちを向いたんで、顔を見合わせる格好になった。

「部屋、誰と一緒だっけ？」

「しおり出す」

三人でプリントを覗《のぞ》き込んだ。

「あ、こりゃクジに細工したな」

「ですね、コンと宅島社長だ」

「あの二人なら、だいじょうぶそうだな」

「まあ動じないっすね」

「ウィーンは山田・佐藤《さとう》組と一緒か」

「いい修業になるべ。事務局組の」

「ローマは岩佐《いわさ》・仙崎《せんざき》組か」

「……情報入れとくっすかね」

「なんなら俺が引き受けますよ」

片山っちが小さいため息交じりに言った。

「弟で慣れてますから」

「ああいうタイプ？」

「数学は天才級なんですが、コミュニケーションにコツがいるんです。藤波くんは智幸《ともゆき》ほどむずかしくないです。ただ……」

言って、片山っちは俺に向かってニヤッとした。

「センパイたぶん惚《ほ》れられてるから、押し倒されないように注意っす」

思わず目が点になった。

「うえっ、マジ？」

「探り入れてみるよ。思い込んだら一途《いちず》って調子だと思うんで」

「弟さんもそんなぐあいかい」

「小学二年のときにストーカー事件をやっちゃってね」

「マジか！」

「相手が学級の先生だったんで、うまくさばいてくれたんだけど」

「それって恋じゃねーだろ」

「当人は『先生と結婚する』と言ってましたけどね。たいていハブられるんで、理解者に惚れ込むんです」

「あ、じゃァ俺に惚れた、ってのも」

「いやいや、甘く見ないほうがいい。あ、それでセンパイのこと、健人《たけと》って呼んでもいいか？」

「へ？　俺はいつでもどこでもイガちゃんだぞ」

「藤波くんとイイ仲になりたい？」

「いやいやいや、俺ストレートだから！　ゲイでもバイでもねーから！」

首の横振りブンブンでお断りしたい旨を強調した。

「けど、カノジョさん、いないよな？」

「いねーけど募集中だよ、絶賛大募集中！」

「それだと納得させられないぞ」

「う……いや、けどなんでそれが名前呼びと結びつく……のか、わかった気ィするけどパス！」

「健人さん、でも？」

「女の子にはそう呼ばれたい。でも男からはパス！」

俺は断固主張し、片山っちもあきらめた。と……俺は思ったんだが。

「あ、藤波くん、来たよ」

「わおっ、早《はえ》ェな。もうわかった、いまあける！　うるさくピンポンすんなって！」

ドアをあけてやって、こっちは支度がまだなんで中入って待ってろって入れてやった。

「えっと、外へ出んにはジャケツがいるか。空港で寒かったもんな」

「健人さん、こっちにも古着屋ってあるかな」

「そりゃ、あるんじゃね？」

荷物を漁《あさ》りながら答えちまってから、健人呼びに気がついた。

「おま、ちゃんと五十嵐って呼べって」

「俺のことは呼び捨てでいいから」

「純、ってかよ」

「はいな、健人さん」

「ブッ！　定着させる気満々だな」

「それよっか古着屋、フロントで聞いたらわかるかな」

「あ、そっか、おまえパンツとシャツしか持ってきてねーんだ」

「健人さんの何か貸してもらえる？」

「一枚しか持ってきてねーよ」

「じゃやっぱ安い店どっか探さなきゃ」

「それ以前にフレンチだよ、おフランス語できんのかよ」

「はい、僕できます」

横からぴんっと手を挙げたのは純哉っちだ。

「え、しゃべれんの？　フランス語？」

「勉強しました。Bonjour, Bonsoir, Comment allez-vous?」

「おおっ、ネイティブ発音!?　本格的だな！」

「語学は得意です」

純哉っちはぐいと胸を張り、芝居のセリフみたいな調子で続けた。

「僕の問題は、相手の反応や場の空気をうまく読み取れないことだ。純くんや健人さんのように僕を読み取ってくれる人でないと、話が通じない。しかし僕は不幸ではない。守村先生や純くんや健人さんがいる。愛しています。仲良くしましょう」

そして握手を求めてきて、応じたらば、こんどはハグしてきて、まあいいかと抱き返してやったら、キスしてきやがった。スッと顔を持ってきたから（あれ？）と思って無意識に背けた

んで、口の端っこをかすめられた程度だったが、

「おいっ！　俺はそっちの気《け》はねェ！」

突き放そうとしたんだが、朝から晩までひたすらティンパニーをドコドコやってる男の腕力は並じゃなかった。ハグがベアハッグみてェに極《き》まっちまってて押し離せねェ！

「おいこら、ざけんな！　放せってんだよ！」

するとやつは変な理屈をこね始めた。

「健人さんは芸術家でしょう」

「俺ァただのチェロ弾きだ！」

「芸術家は、おのれの芸術と生活とを天秤《てんびん》に掛けるようではダメなんです。妻子を養う生活に追われるような人生を送ってはならない。しかし愛は必要だ。そこで真の芸術家は同性愛を選ぶのです。桐ノ院さんと守村先生のように」

「おまっ！」

黙れ！　と振った頭が、やつの顎《あご》に偶然のクリーンヒットをかまし、馬鹿野郎は吹っ飛ぶぐあいにぶっ倒れた。それでもまだ口が利けやがって、

「な、なんれ殴るれすか」

なんて言いやがるもんで、

「黙れっ！」

と喉頸《のどくび》を引っつかんだ。

「コ、コンとコン・マスはンなんじゃねェぞっ！」

「ブレイク、ブレイク！」

片山っち、じゃねェ純の野郎が力任せに俺をボケナス野郎から引き剝《は》がし、

「邪魔すんな！」

と再フォールしに飛びかかろうとした俺を千葉氏がひっ捕まえた。

「ドウドウ、落ち着けって！　公然の秘密だろうがって！」

「じゃかましいや！　コンとコン・マスはっ」

「恋人同士だろ⁉　みんな知ってるっての！」

「……へっ⁉」

思わず力が抜けたら、千葉氏の体重がドスンと折り重なってきてグエッと潰《つぶ》れた。

「業界じゃ有名な話だろうが」

あきれ声で千葉氏が言う。

「桐オケはゲイかレズじゃないと採らない、って噂は与太だったみたいだけどな」

純がアホ丸出しなことを言い、

「みたい、ってなァ何だよ、与太だよ、ガセに決まってんじゃねェか！」

と睨《にら》んでやると、てへっとか笑いやがったうえに、

「けど補欠の面々の中には、けっこうマジで健人さん狙う気でいるやつ、いるぞ」

なァンてことを真顔で。

「僕は補欠じゃありません」

純哉っちが真面目くさった口調で言った。

「僕が健人さんと愛し合いたいのは、大山《おおやま》教授の御説に深く共感しているからです」

「誰だ、大山って」

「オーケストラ・スタディの指導教授です、もちろん」

「あ、モアイか。しかし、あの持論は」

いや、それ以前にだ、

「俺はゲイじゃねェぞ、ホモじゃねェ！」

「しかし桐ノ院さんの愛人をされましたよね？　あ、秘密ですか？　守村先生がイタリアにいらしているあいだ同棲《どうせい》してたのは」

「はあァッ⁉」

「え、違うのか？」

純のやつ、本気で驚いてやがって、俺はキレるよりさきに脱力しちまった。

「……そういう話がまわってんだな？」

「違うのか、なんだよ……」

なんだよ、ってなんだ！　ええっ⁉

「M響蹴《け》って来る理由なんて、それだとばっか思ってたぜ」

あ……そういう見方もあんのね……

「僕は純粋に健人さんが好きですよ、純哉なだけに」

「それ言うなら俺も『純』だ」

くっだらね～アホ漫才はやめい……

「しかし、マジでノンケか」

おいおいおい～、そのため息の意味は何⁉　いや、知りたくねェから！　俺はなンも聞かなかった！　ルル～～♪

しっかし、このオヤジ、重ィぞ。

「千葉さん、そろそろ降りてくれねっすか。ホモじゃねンなら」

「おう、すまんすまん」

ドッコラショとどいてくれたおっさんに、ついイヤミ。

「腹の肉、ちっと減らしたほうがいいっすよ」

「かみさんが料理上手でよ」

のほほんと皮肉を受け流したついでに、ホモじゃないぞと匂わせた千葉さんって人は、いい意味での曲者《くせもの》らしかった。

「さて、めし食いに出るんだろ？」

「へーへー、その前に古着屋ね」

ってことで、なんとも疲れた一幕に切りをつけ、俺たちはぞろぞろと部屋を出た。

「ところで純おまえ、さっき気になること言いやがったよな」

「ん？」

「補欠連中がなんとかって」

「ああ。コン・マスに手なんか出したらクビが吹っ飛ぶ、けど五十嵐を落とせたら身内になれる」

「なんじゃ、そりゃ」

「噂だよ。用済みの愛人を引き受けた男には、コンの恩寵《おんちょう》があるに違いないってな」

「馬っ鹿くせ〰〰」

ったく楽隊連中の下ネタ好きってェか、妄想が暴走する癖や噂好きってェのには、M響で慣れたつもりでいたんだが、ここまで来るともう開いた口が塞《ふさ》がんねェわ。

「言っとくけどな、桐ノ院さんは超純愛だかンな？　俺とどうとかいう汚《きたね》ェ噂が耳に入ったりしたら、伝言ゲーム参加者はマジで全員クビだぞ。だし、もしもそれが守村さんにまで聞こえちまったりしたら、もう瞬殺で消されるね。それも塵《ちり》も残ンねェレベルでだ。だから純哉っちも、さっき聞いた話は間違っても漏らすなよ、いいな？」

「はい。桐ノ院さんにも守村先生にも言いません」

「馬っ鹿、誰にもだよ」

言ってやりながら廊下の角を曲がったとたん、まさかご本尊に出っくわすとは！

もちろん俺はとっさに何食わない顔を作り、

「コンもいまからっすか？」

とか愛想よく言って、馬鹿正直にギクッとしやがった連れどものフォローにしようとしたんだが、ピアノピアニッシモの演奏でのミスも絶対聞き逃さないコンの地獄耳は、指揮台の上だけで発揮されるもんじゃなかった。

「密談にしては不用心なボリュームでした」

と冷ややか〜に睨み下ろされて万事休す。

が……そのポーカーフェイスって、もしかして……うっわ、マジか。

「もう知ってたんっすか」

思わず知らずハニャンと肩が落ちたのに気がついて、自分で笑いそうになった。俺って隠し事に向いてねェんだ、ハハ、初めて自覚した。

「悠季は当然知りません」

つんと澄ました鼻の先から言われて、（カマ掛けられたか？）と思い直したが、どっちにしろ三人への恫喝《どうかつ》効果は絶大ってもんだろう。あ、いや、純哉っちには通訳しといたほうがいいか？　いや、さすがにこのシベリア寒気団級の凍気は感じてるみたいだ。もし、じゃなくても、コンは純哉っちと同室だから、必要そうなら手を打つ。うん、お任せしまっす。

「了解っす」

すちゃっと敬礼のマネして、この件は終了……っすね、オッケ。

「ところで安い服が買える店って、心当たりあるっすか」

コンは純を見やり、用件を悟ったのがわかったが、

「あいにくと」

と首を横に振った。まあ、そうっしょね。殿下はオーダーメイド人種だ。

「ンじゃフロントで聞いてみるっす」

「ロビーに柚木《ゆずき》くんがいます」

とは、守村先輩の付き人をやってる通訳ガイドさんが待機してるから、使えって意味だ。

「や、純哉っちがしゃべれるんで」

「ほう？」

「ほんとかどうか、試してみるっす」

「僕は嘘は言わない」

純哉っちのツッコミに、コンがかすかに目を細めた。なんだ、ご機嫌いいんっすね。

ソンじゃと別れてエレベーターに乗り込んで、四人だけになったところで、千葉氏がいまの

いままで詰めてたみたいにフッと息を吐き出した。

「ったく、あの人の怖さってなァ心臓に悪いよ」

しみじみ口調でのぼやきはマジらしい。

「てっきりクビかって覚悟しかけた」

純がもそっと言って、正直びっくりした。こいつは人を読むの、けっこうやるのに。

「なんでよ、からかってたンじゃねェか」

「嘘だァ」

「うっそ！」

二人で声をそろえるんで笑っちまった。

「本気で怒ってたら、あんなもんじゃねェって。ありゃ、かなりご機嫌だったぜ？」

「マジかっ」

「なんでわかるんだよ、あの無表情でっ」

「そりゃつき合いが」

「深い？」

と言いやがったのは純哉っち。バッシとケツにお仕置きしてやった。

「あいたっ」

「るせィッ！　深いんじゃなくて長いんだよっ！　あの人がフジミにやって来たときからだか

ら、丸七年？　最初は、ＳＦ映画に出てくるアンドロイドみたいで、鉄仮面の裏の表情なんかまるっきり読めなかったが、まあ慣れだな。下宿させてもらってたときのハードな経験が生きてるっつーか？」

「ひ、一つ屋根の下」

純哉っちが、また尻《しり》をぶたれるかもってびくびくしながらつぶやき、俺はケケッと笑ってやった。

「それもコン・マスは留守のうえに、超めずらしく《ベト五》で行き詰まってた時期でさ、不機嫌なんてもんじゃなかった。オーラがバチバチの静電気っぽくて、声かけただけでバチッと来るんだ、うるせェ話しかけんな、って感じにさ。けど居候が『はよっす』も言わねェわけにゃいかねーだろ？　ありゃ人生最悪の受難の日々だったぜ、まっこと」

「ノロケだな」

純がブー垂れ、俺の顔色を見て言い直した。

「いや自慢話。うん、そっちだ」

俺はちっと考えてみて、言ってやった。

「ノロケでもいいやィ。コンやコン・マスとの仲が俺だけトクベツで、妬《や》かせてメンゴな～」

「あ、なんかカワイクね～」

「おまえに可愛く思われたってキモいっつーの」

そんなこんなでパリの夜は更け、残り二日は目いっぱいあちこち観てまわって、いざ音楽の都ウィーンへ。

俺たち音楽屋にとっては聖地みたいな美しい古都での四日間は、まるで夢のように楽しく飛び去ったんだが……俺はまた男を釣っちまった。

断じて俺のせいじゃない。同室になったトランペットの飯塚《いいづか》が、勝手にみょうな妄想をして俺に夜這《よば》いをかけやがったんだ。俺が誘ったなんて冗談じゃねェ！

引っぱたいて蹴《け》っ飛ばして問い詰めてやったら、例のアホな噂のせいでコナかけて来たのをゲロしやがったんで、俺の『仏の顔』はいっぺんきりだと脅しつけといた。

「俺がコンに一言直訴すりゃァ、てめェのクビなんざ吹っ飛ぶぞ、ごらァ」

ってのは、ちょいと品のねェ脅し方だったが、マジで犯《や》られかけて本気で怖かったんだから正当防衛の範囲内だ。

もちろんコンに告げ口はしなかった。へんてこな誤解が蔓延《まんえん》してんのは知ってたし、男一匹自分の貞操ぐらい守れなきゃ、あんまりカッコ悪い。

そして俺のトンデモな男モテ期はローマでも引き続き、おまけに俺がコンの御手付きだって馬鹿話は、女性陣にまでまわってると知っちまって、いいかげんキレた。

あーそーですか、そーゆー目で見られてたんすか、ハハッ、なんせ俺様ってばお色気たっぷりの好青年ざんすからねー、チクショウ！　てめェらまとめて、いつか必ず吠《ほ》え面かかせてやるぜ。

とりあえず、そっちがその気なら、こっちはこうだってンで、ローマでブルガリの店を見つけたついでにオーデコロンを買った。前にフジミの女の人たちが、コンはブルガリをつけてるって話してたのを思い出したんだ。くしゃみが出るほどたっぷり振って、そうら男殺しの健人サマでございとのし歩いてたら、それ以後ぱったり男難が収まった。……なんだったんでござんしょうか？　ま、これさいわいでいいんだけどな。つけ過ぎなきゃいい匂いだし。

ちなみに旅の思い出の一番は、本場ヨーロッパの三つの都それぞれで、俺のチェロを響かせてきたことだ。

パリはシャンゼリゼ大通りのオープンカフェで弾いた。ウィーンでは、あっちこっちの公園や広場を転戦して、けっこう小銭を稼いだ。ローマではバチカンの広場でやった。

つってもクソ度胸のソロ演奏じゃなく、誰か彼かが一緒だったんだが。

楽器持参で来てたのは、チェロは俺だけだったが（コントラバスは言うに及ばず。貨物室に預ける度胸があったのは、俺だけってことだ）、バイオリンとビオラ、管楽器の半分ぐらいは愛器と共に出かけてきていて、そいつらを誘っちゃ即興でやれる曲を街角とかで遊んでさ。

あれはいい思い出になった。遊びだったから、音楽芸人ってノリで弾いてたんだが、俺の中で何かがちょっと変わり、何かがちょびっと育ったみたいな気がしてる。ちょびっとな。

あとがき

しばらくご無沙汰《ぶさた》いたしました、秋月です。

今年も天災人災いろいろてんこ盛りでしたが、みなさまにはお変わりなくお過ごしでしょうか？　熊本はなにかと天候不順な一年でしたね。それでも季節の花々はちゃんと時季には咲き始めるのが、けなげで愛《いと》おしいです。

さてアンコール集も七冊目になりました。いったんは幕を引いた本編がまた動き出しているのをごらんになって、第二期に突入かと呆《あき》れている方もいらっしゃいそうですが、たぶんそうはなりません。残念がってくださる方々には心苦しく、篤《あつ》く感謝申し上げます。

悠季は初心に返り、一足先に本来望んでいた我が道を進み始めた圭とともども、演奏家としての大成を目指して歩んでいくことになりましたが、人生いつだって道は平たんではなく、茨《いばら》の藪《やぶ》や山坂を越えて行く冒険行です。でも愛ある道連れがいるんですから、困難の合間には幸福が鏤《ちりば》められる、生き甲斐《がい》に満ちた旅だよね。あ～あ、うらやましい……

五十嵐くんには、チェロケース＆お人好《よ》しな苦労を背負った道行きの励みになるパートナーを見つけてあげたいんですけど、なかなか難しくて。モテない男じゃないはずなのにねェ。

この作品がみなさまのコーヒーブレイクの彩りになれたならばさいわいです。

秋月　こお

KADOKAWA RUBY BUNKO

波間《なみま》にて
富士見二丁目交響楽団シリーズ外伝
秋月《あきづき》こお

角川ルビー文庫 R23-66　　19489

平成27年12月1日　初版発行

発行者――三坂泰二
発　行――株式会社KADOKAWA
東京都千代田区富士見2-13-3
電話(03)3238-8521(カスタマーサポート)
〒102-8177
http://www.kadokawa.co.jp/
印刷所――旭印刷　製本所――BBC
装幀者――鈴木洋介

ISBN978-4-04-103424-8　C0193　定価はカバーに明記してあります。